Sylvie Schenk

Roman d’amour

Roman

Carl Hanser Verlag

1. Auflage 2021

ISBN 978-3-446-26922-4

Umschlag: Peter-Andreas Hassiepen, München
Motiv: © Johner Images / Getty Images
Satz: Satz für Satz, Wangen im Allgäu
Druck und Bindung: CPI books GmbH, Leck
Printed in Germany

MIX
Papier aus verantwortungsvollen Quellen
FSC® C083411

Ange plein de gaieté, connaissez-vous l'angoisse,
La honte, les remords, les sanglots, les ennuis,
Et les vagues terreurs de ces affreuses nuits
Qui compriment le cœur comme un papier qu'on froisse?
Ange plein de gaieté, connaissez-vous l'angoisse?

Ange plein de bonté, connaissez-vous la haine,
Les poings crispés dans l'ombre et les larmes de fiel,
Quand la Vengeance bat son infernal rappel,
Et de nos facultés se fait le capitaine?
Ange plein de bonté, connaissez-vous la haine?

Charles Baudelaire, »Réversibilité«

Sie sprechen Englisch. Poor thing. *Gedämpfte Stimmen. Sie murmeln, dass du dich habest umbringen wollen. Unsinn. Es wird wieder alles verdreht und verfälscht. Wenn du die Augen einen Spaltbreit öffnest, wähnst du einen Priester an deinem Bett. Unmöglich. Im Raum schwebt ein dunkler Nebel. Oder es liegt an deiner Sehschärfe. Wo ist deine Brille? Dein Mund ist trocken. Du liegst in einem Bett. Einem fremden Bett. Ja, du bist noch in Irland, aber dieses Bett ist kein Hotelbett, und du hast dich nicht selbst gebettet. Der Priester (ist er ein Priester?) bückt sich zu dir und fragt:* Did you want …? *Du verstehst das Wort nicht.* Commit suicide? Kill yourself. *Sich umbringen? Das Wort springt auf dich zu, ein hartes Wort,* to kill, *wolltest du dich umbringen? Du schließt wieder die Lider, müde. Der Schlag einer Welle ins Gesicht, du kippst nach hinten. Ein Meer. Blinzeln. Und wieder das Gesicht des Priesters über dir, schwarz und rund, seine Visage ist dein Horizont, sinkt in die See. So viele Wolken. Sie reiten aufeinander, ineinander. Um dich also das Meer. Dein Kopf ein Kaulquappenkopf. Augen zu und durch: Du willst durch das raue Meer pflügen.* You wanted to commit suicide …? *Sein schwarzes Haar hängt ihm über der Stirn, es erinnert dich an den Mann, den du liebtest. Vielleicht ist er das und kein Priester. Du würdest gern schreien, um ihn zu erschrecken, ihm das Gesicht mit der Hand zurückschieben, kannst aber nur die Finger bewegen. Zu schwer, so müde, kraftlos.* Sorry, I want to sleep. *Hast du gesprochen? Das Zimmer kannst du nicht auskundschaften, ein Nebel aus weißen, grünen und gelben Farben, der Priester schwarz oder dunkelblau. Pulli oder Robe? Bist du im Krankenhaus? Du erkennst deine eigene Stimme nicht. Zu dumpf. Ja, es hängt ein Infusionsschlauch an deinem Arm. Wer hat Sie gerufen? Was fehlt mir? Fragst du. Alles, sagt er, alles fehlt dir. Du verstehst ihn nicht. Wo ist meine Brille? Ich brauche meine Brille, ich sehe schlecht. Lassen Sie mich bitte schlafen. Du schließt wieder die Augen und fühlst dich besser. Ob du sterben wirst und dich deshalb ein Priester besucht? Warum bist du hier, und wo bist du? Ich glaube nicht an Gott, sagst du. Muss ich beichten? Willst du beichten?, sagt er. Mach es, wenn es dir hilft. Du hörst ein kleines Lachen, ob es deins ist? Ich höre dich kaum, sagt er. Selbstmord ist eine Todsünde. Du bewegst die Beine, versuchst Schwimmbewegungen zu machen, es geht nicht. Wolltest du ertrinken? Wolltest du den Freitod? Warum spricht er Deutsch? Wieder siehst du die Wellen auf dich zukommen. Nicht mal hoch, ganz regelmäßig prallen sie zuerst gegen deine Knie, gegen deine Brüste, dann gegen dein Kinn, deine Stirn. Ein unendliches Feld mit grauen Wogen, du gleitest unter grauen Wolken. Du schwimmst mühelos. Noch ist das Meer ruhig und willig und repetitiv. Es wellt sich ins Unendliche. Du kraulst dem Ende der Gezeiten entgegen. Bist nicht mehr allein. Gott ist in deiner Nähe: ein lachender Seehund. Und dann, kurz danach: bleiern, hart, eiskalt, zuerst ein kaum wahrnehmbarer Kinnhaken, dann eine Watsche, ein Faustschlag, der Kampf beginnt gegen aufgetürmte Wellen, die sich hoch und frostig über deinen Kopf erheben; und sie schlagen zu, drücken dich nieder, du würgst, spuckst die Kälte aus, das Wasser lässt dir nie Zeit, Luft zu holen, bevor es dich wieder anspringt, ach, was soll's? Du willst doch, dass die Kälte dich zerfrisst, dass die Welle dich erschlägt. Du hättest ein Gedicht über die Wellen schreiben sollen. Über den Sand darin, über das Öl darin, über die vielen Toten darin. Du hast so gern Gedichte geschrieben und gelesen. Die Franzosen, Baudelaire, Rimbaud, die Deutschen, Sarah Kirsch, Hannah Arendt. Man wird davon nicht klüger. Aber Gedichte sind Wegmarkierungen, die helfen aus dem Gestrüpp. Hättest du nur ein Gedicht über den Atlantik auswendig gelernt, bevor du ins Wasser gingst, das hätte dir gegen die Versuchung zurückzuschwimmen geholfen, zu spät, so wird's auch gehen, du versuchst kraulend und stimmlos dein Lieblingsgedicht im Kopf zu rezitieren, wie früher als Kind im Bett, schweigend, um deine Geschwister nicht zu wecken, ein französisches Gedicht von Baudelaire,* ange plein de gaieté, connaissez-vous l'angoisse? *Engel voll Heiterkeit, kennst du die Todesängste? Mit dieser Kälte hast du nicht gerechnet. Dein Kraulen wird immer langsamer, nur noch kreisende, kleine, ausholende Bewegungen.* Ange plein de bonté, connaissez-vous la haine? *Engel voll Güte, kennst du den Hass? Jetzt umhüllt dich das Meer, legt dich in tückische Falten, überrollt dich, drückt dich nach unten, du erlebst, wie es dich mit Milliarden von Zungen und glucksenden Mündern einsaugt, du bist erschöpft und ergeben, glücklich und unglücklich, hoffnungsvoll und verzweifelt, kraftlos, du schluckst und schnüffelst bitteres Wasser, und dir dämmert endlich, dass du nicht mehr ringen musst, dass du an dem Punkt angekommen bist, den du erreichen wolltest, dem kreisenden Ort, wo sich Freud und Leid treffen, wo sich Schlaf und Wachsein küssen, wo Lüge und Wahrheit eins werden.* Ange plein de santé, connaissez-vous les fièvres? *Engel voll Gesundheit, kennst du das Fieber? Nur noch ein kurzes Aufbegehren, ein Schlucken, ein Würgen, im Hals ein sandiger Knoten, ein letztes Mal die Wolken erblicken, bist endlich eine Gescheiterte. Und das All geifert und sabbert und lacht dich tot, nicht mehr kämpfen, es hat schon deine Glieder, deinen Bauch, deine Schulter. Du bist längst ausgeweidet. Lass dich doch schmecken und verdauen. Gib nach.*

Vor meinem Mittagsschlaf hätte ich diese Szene aus *Roman d'amour* nicht noch einmal lesen dürfen. Klara ertrinkt im Atlantik, oder auch nicht. Nun wachte ich auf, lag noch im Bett, in den Ohren ein Brummen, ein Rauschen, im Kopf das Gedicht von Baudelaire, das ich in der Schule gelernt hatte, und mein welliges Gerede. Ein paar Fetzen schwammen noch auf dem Wasser, ich bekam sie zu fassen: Der Mann ist aufgestanden, kein Priester. Was hast du da gemacht?, sagt er. Ich will doch, dass du lebst, ich mag dich am Leben, lebendig, verstehst du? Ich mag dich nicht, sage ich, ich liebe dich, aber dich gibt es nicht mehr.

Ich wachte zum zweiten Mal auf, und da war keiner. Und ich fragte mich wieder, ob ich die erste Szene aus *Roman d'amour* vorlesen würde oder lieber nicht.

Vormittags hatte ich mit Frau Sittich telefoniert, der Lebensgefährtin des Bibliothekars. Ich wusste noch nicht, dass sie die Lebensgefährtin des Bibliothekars war. Und mit ihm zusammenarbeitete. Sie hatte sich als Journalistin vorgestellt und wollte mir nachmittags einige Fragen für einen Radiobeitrag stellen. Ja, das Interview über *Roman d'amour* würde schon morgen ausgestrahlt. Sie fand es originell, dass ich eine literarische Gattung, ein Genre als Titel des Buchs gewählt hatte.

Nach meinem Mittagsschlaf war ich bleischwer. Der Meerestraum spukte mir noch durch den Kopf, ich wurde niedergewalzt und erstickte. Ich klammerte mich an das Kopfkissen und wollte mich ins durchgewühlte Bett verkriechen, musste aber aufstehen und mich beeilen. Ich schob die Vorhänge zur Seite, um auf die Nordsee zu schauen, aber mein Zimmer ging hinaus zum Garten des Hotels. Vielleicht, dachte ich, könnte ich am nächsten Tag schnell zum Strand gehen, bevor ich nach Hause zurückfahre, ich mache mir viel aus dem Meer, egal ob Wattenmeer, Sandstrand oder Felsen, Hauptsache, das Meer. Unten schimmerte nur der Hotelgarten, in dem sich zwei gelbrote Bäume im Wind wiegten. Der Wind fegte durch welke Dahlien, Ahornblätter wirbelten durch die Luft. Ich sah, wie aus den braun gesprenkelten Zweigen eines größeren Baums eine Kastanie fiel und unten aus ihrer grünen Stachelhülle sprang. Durch das gekippte Fenster drang der leicht moderige Geruch feuchter Blätter zu mir, Erde und Sonne gemischt. Der Herbst ist schon immer meine Lieblingsjahreszeit gewesen, für mich nicht die Jahreszeit des Verendens, sondern des Vollendens. Im Grunde steht man hier am Anfang eines Werkes, dessen Samen unterirdisch im Winter keimen, um im Frühjahr oder Sommer aufzublühen. Der Gedanke stammt aus meiner Schulzeit, weil der Oktober in Frankreich den Beginn des Schuljahres markierte, man sammelte buntes Laub, um es im Kunstunterricht nachzumalen. Oft habe ich im Herbst die ersten Zeilen meiner Romane geschrieben, wenn eben die Kastanien aus den Schalen platzten.

Ich nahm mein Kleid aus dem Koffer. Ein schickes rotes Kleid, extra für diese Gelegenheit gekauft, leider wie so oft auf die Schnelle und ohne es anzuprobieren. Das Kleid war für mein Alter zu kurz, ich hatte das schon zu Hause festgestellt, aber keine Zeit mehr gefunden oder keine Lust mehr gehabt, es im Geschäft umzutauschen. Ich schminkte in drei Minuten mein müdes Gesicht, kaschierte die Altersflecken mit einem Stift, versuchte meine Augen mit dem Kajalstift zur Geltung zu bringen, auch jetzt alles zu rasch, mit zitternder Hand. Im Spiegel schaute mir ein welker Narziss entgegen. Es schien aber noch das Gesicht der Radfahrerin von Irland durch. Die Züge, die Locken, die Vergissmeinnicht-Iris, die Vergangenheit sah mich an, eingedickt.

Frau Sittich wartete schon am Empfang. Sie bemerkte mich nicht sofort, als ich die Treppe herunterkam. Sie ging nervös auf und ab, drehte sich um die Achse, stand jetzt vor dem Spiegel der Garderobe, ließ ihre Finger durch eine rote Lockenfrisur gleiten, glättete eine eng anliegende Jeans und zog an einem flauschigen lila Pulli. Sie war viel jünger als ich, doch älter, als ihre Stimme am Telefon es hatte vermuten lassen. Sie kramte in ihrer Handtasche, fischte einen Lippenstift heraus und zeichnete ihre Lippen nach, nahm dann ein Stofftaschentuch, spuckte darauf, wischte etwas, vielleicht ein Zuviel an Farbe von der Lippe, drehte sich wieder um. Die Rezeptionistin stand hinter ihrem Tresen und beobachtete sie auf eine Art, die mir gierig erschien. Ich traute mich nicht, mich zu bewegen, wollte die Journalistin bei ihrem peinlichen Zurechtmachen nicht stören. Sie verstaute den Lippenstift wieder in ihrer großen Tasche, nahm noch etwas heraus, ein Bonbon oder einen kleinen Kaugummi, den sie in den Mund steckte, machte eine ruckartige Kopfbewegung synchron mit dem Klick des Taschenverschlusses. Dann erblickte sie mich, stieß einen Willkommensgruß hervor, hastig, begeistert, übersteigert. Bonjour, Charlotte Moire! Jede Silbe gedehnt. Mit den knallroten Lippen, den geschminkten Wangenknochen, der hektischen Gestik gehörte sie zu der Art von Frauen, die in ihrer demonstrativen Art, das Leben aufregend zu finden, mich vom Gegenteil überzeugen. Sie zückte jetzt ein kleines Aufnahmegerät aus der Tasche und wünschte, ihr Interview sofort mit mir zu führen, hier in der Lobby, danach würde sie mich zur Bibliothek kutschieren, aber wir würden dort von einer Menge Menschen gestört werden, also bitte, lieber gleich hier, Klara, wir haben noch ein paar Stunden, die Preisverleihung fängt um achtzehn Uhr an. »Ich heiße Charlotte«, sagte ich. »Sie haben mich gerade Klara genannt.« Sie schlug dreimal ihre künstlichen Wimpern nieder und die Hände über den Mund: »Oh Pardon! Sie merken, liebe Charlotte, wie die Persönlichkeit Ihrer Protagonistin in mir nachwirkt, eine tolle Figur, Ihre Klara, so lebendig, so real.«

Es war ein völlig unbekannter Literaturpreis zweiter Klasse, der mich hierhergeführt hatte, ein Preis, der zum ersten Mal verliehen wurde und dessen bescheidenen Geldbetrag prominentere Kollegen als eine Herabstufung ihres Talents empfunden hätten. Ich war trotz meines Alters froh, ihn zu bekommen, und bereit, dafür sechshundert Kilometer in einem vollen und halb defekten ICE zu fahren. Tapetenwechsel, Aufmerksamkeit, freundliche Menschen, lobende Worte, ein Blumenstrauß, dies alles auf einer Nordseeinsel. Ich werde von Inseln angezogen, auch wenn sie einen gefangen halten können. Viele Inseln, ob Alcatraz, die Teufelsinsel oder die Île d'If, wurden missbraucht, unter anderem als Gefängnisse. Mir geben sie Hoffnung, sie sind Vorboten der Kontinente, strahlen noch etwas Unverbrauchtes aus, nach allen Himmelsrichtungen rotieren Wünsche, Nester mitten im Meer, Rettungsorte für Gestrandete. Und ich liebe das Meer. Als Einsteigerin in die deutsche Sprache habe ich früher »Mehr« statt »Meer« geschrieben, und in meinem Kopf schreibt es sich heute noch so, ein Mehr an Horizont, ein Mehr an Träumen, ein Mehr an Leben und Tod. Mehr Exzess, mehr Tiefe. Hoffentlich würde mir bei der Preisverleihung verraten werden, warum mein Buch diese Auszeichnung, den »Kaskade-Preis« bekam: Eine Kaskade ist ein halsbrecherischer Sprung, bei dem ein Akrobat einen Absturz vortäuscht. Und manchmal auch realisiert. Und sein Leben riskiert. Der Preis wird also an einen Schriftsteller verliehen, dessen Roman eine Art Drahtseilakt bedeutet. Der Preis sollte besser, dachte ich, ein Buch ehren, das in einem Krisengebiet geschrieben wurde, nicht das Werk einer französischen Autorin, das sie in ihrem komfortablen deutschen Arbeitszimmer verfasst hat. Denkbar wäre auch ein Roman, der Mafiosi entlarvte, Killer, die der kühnen Schriftstellerin im Schatten der Buchhandlungen auflauern würden. Passen könnte ein Enthüllungsskandal, das Enttarnen von beeinflussbaren einflussreichen Politikern, die sich nicht scheuen würden, einen Prozess anzuzetteln, um das Buch verbieten zu lassen.

Was hatte ich denn riskiert? Ich wusste es nicht, mein Verleger auch nicht. Vielleicht, sagte mein Lektor, empfindet man Ihren Stil als mutig? Sein Lächeln war zu wohlwollend. Ich hatte einen klassischen Liebesroman geschrieben. Kein avantgardistisches Werk, keinen gewagten Porno. Es war eine einfache Liebesgeschichte, die zum Teil auf der grünen Insel Irland spielte. Es werden jeden Tag Liebesromane verfasst und veröffentlicht, gelesen, kritisiert, ignoriert und zermahlen. Aber lieber wollte ich diesen Preis annehmen, um so zu verhindern, dass mein Buch bald eingestampft, mein Leben makuliert würde. Deshalb war ich da.

Ich hatte die Geschichte eines Mannes, Lew, eines Lehrers zwischen zwei Frauen erzählt. Eher deprimierend, da sie dramatisch mit dem Suizid oder besser Suizidversuch einer der Frauen endete, der Versagerin Klara, einer ehemaligen Schuldirektorin. Ob der Selbstmord erfolgreich begangen wurde, hatte ich auf Bitten meines Lektors offengelassen. Die Leserin brauche Hoffnung. Sie dürfe sich das Ende selbst zusammenstricken, mit Klara zittern, sie anschwimmen und per Achselschleppgriff zur Küste zurückziehen. Ich hatte nicht lange an diesem Buch gearbeitet. Ohne mein Wissen hatte sich der Text in mir zusammengepresst, und als ich beim Aufräumen meines Arbeitszimmers einen Schuhkarton mit alten Notizen umstieß und die Erinnerung an eine Reise in Irland mir einen Stich versetzte, erlag ich der Versuchung, längst verblasste Liebeserfahrungen aufleben zu lassen und literarisch auszubeuten. Es war dann, als hätte ich ein Stück Faden gefasst und nicht mehr aufgehört, daran zu ziehen, bis ein ganzer alter Mantel aufgetrennt war. Und er war flott wieder neu gestrickt worden. Ich schickte meine Protagonisten Lew und Klara nach Irland. Ich schickte Lew zu seiner Frau Marie zurück, ich schickte Klara ins Meer. So einfach war das. Ich brauche manchmal Jahrzehnte, um die Bedeutung, die Komik und die Tragik der Geschichte zu erfassen, wenn sie zu mir gehört. Nach dieser langen Inkubationszeit tritt das Geschehene hervor und wird mit erfundenen Elementen bardiert. Erst dann sprudeln, wimmeln und drängen die Worte. Dieses Mal rochen sie nach Salz, nach Algen, nach angeschwemmtem Holz, nach Torf und nach Körpersäften.

Die erste Frage von Frau Sittich war ungenau, die zweite flau und grob. Nach einem Blick in ihr Notizbuch hatte sie sich an der Stirn gekratzt, Speichel geschluckt und mich verschwörerisch angeschaut: Also, wie hat es angefangen?

Was meinte sie mit *es*? Meine ersten Schritte als Schriftstellerin? Den Hintergrund, die Prämissen des Romans, die Begegnung von Lew und Klara oder den Beginn vom Ende, Klaras Scheitern? Die Frage brachte mich aus dem Gleichgewicht. Als schließe sie eine vage Drohung ein, eine Anschuldigung oder eine Andeutung auf den Schlamassel meines Liebeslebens. Als wisse die Journalistin von dem Mann, der für die Figur von Lew das Aktmodell war, als wolle sie jetzt erfahren, wann ich den Boden unter den Füßen verlor. Ich bat sie (mit erstickter Stimme?), ihre Frage präziser zu formulieren. Sie gluckste. Natürlich meine sie die Entstehung des Romans, wie ich auf die Idee gekommen sei, auf Irland, die Fahrradtour, die Protagonisten et cetera. Diese lateinischen Buchstaben tänzelten ungeduldig auf ihren Lippen, als ich von irischen Songs erzählte, die Dubliners, *A Song for Ireland*. »Beim Zuhören habe ich mich an eine Reise mit Freunden nach Irland erinnert«, sagte ich, »lange her, in der Jugend, eine sehr beeindruckende Fahrradtour, Dublin, Galway, Westport *et cetera*, und die Musik, die Volkslieder, die Bilder, die sie hervorriefen, dies alles hat mich zu dem Roman gebracht oder eher zu dessen Rahmen, Irland, und nach und nach, Frau Sittich, klopften sie an, die drei Hauptpersonen dieser Erzählung.« – »Eine romantische Geschichte«, sagte Frau Sittich, »in einer kalten und nüchternen Zeit veröffentlicht.« Und ich: »In einer schwierigen, aufwühlenden Zeit.« – »Ein Liebesroman«, sagte sie. »Ja, schon lange habe ich einen Liebesroman schreiben wollen, und ich dachte, ich tue es, bevor ich zu alt bin und mich gar nicht mehr erinnere, wie es war, verliebt zu sein.« Bei diesen Worten kicherten wir beide, und die Journalistin beeilte sich hinzuzufügen, lieben könne man in jedem Alter, sie hoffe das sehr. Und die Liebe, wissen Sie, *et cetera.*

Ich fragte mich sofort, warum ich mir so viel Mühe machte, die Entstehungsgeschichte dieses Romans zu verfälschen. Es konnte mir doch piepegal sein, wenn diese Frau und die Leser erfuhren, dass ich mit meinem Geliebten, dem echten Lew (geben wir ihm den falschen und spielerischen Namen Ludo), vor fünfundzwanzig Jahren eine Reise nach Irland unternommen hatte. Eros veranstaltet sein Bockspringen rund um den Globus, jeder kennt die Leiden eines Liebeskummers. Wer noch nie, dem fehlte etwas, das er per procura in meinem Buch erfahren durfte. Ludo war nun über siebzig, hatte sich längst, dachte ich, in meinem Buch erkannt, falls er es überhaupt gelesen hatte. Wir waren uns vor Jahren zufällig noch einmal begegnet, vor dem Schaufenster eines Tabakladens, in dem er die Pfeifen bewunderte, die er nie mehr rauchen würde. Zwanzig Jahre waren vergangen seit Irland. Er sah blass und aufgequollen aus. Er lebte allein. Dreimal die Woche ging er zur Dialyse. Der ehemalige Freund war gefangen in einem blassen dicken Fleischkokon, in dem ich noch den Schmetterling erkannte, der einmal so schön mit der Liebe Versteck gespielt hatte. Ich gab ihm einen flüchtigen Kuss. Inzwischen ist auch das Tabakgeschäft verschwunden.

Hatte ich gelogen, weil mein Privatgarten mir heilig war? Ach was. Die Zeit macht einen bescheiden und schamlos. Wovor hatte ich denn Angst? Vor der kleinen Welt des Literaturbetriebs? Vor den Preis- und Schande-Etiketten, die dort verteilt wurden? Kaum. Auch dort hatte ich längst nichts mehr zu verlieren. Wenn ich mich nicht zu sehr outen wollte, dann wegen der verschlungenen Gedanken, die in dem Thema herumschwammen, weil es schwieriger ist, eine gefühlte Wahrheit mit Sätzen einzufangen als eine Forelle in den Niagarafällen. Mir fiel es leichter, die Fiktion, das Spiel der Illusionen zu spinnen, ein Trompe-l'Œil schlau zu präsentieren und vielleicht sogar effizienter. Das Kind dreht sich auch auf dem Karussell um die Welt.

Ich hatte mich in Ärger (gegen mich) und Zweifel gedacht, als die zweite Frage fiel, mit der Frau Sittich mich gewiss von ihrer eigenen Tapferkeit überzeugen wollte: Was für mich *persönlich* die Liebe zu und der Sex mit einem Mann bedeuten und, *chère* Charlotte, ob Liebe und Sex zwangsläufig siamesisch zueinander gehören. Thema verfehlt. Und plumper geht's kaum. Sie schaute gespannt, ihr Hals gerötet, die Haut leicht aufgeraut. Ich hüstelte, überlegte, die Rezeptionistin zu fragen, ob man einen Sherry haben könne, trank doch noch einen faden Schluck Tee, versank in der Betrachtung eines Meeresgemäldes, das eine Wand schmückte. Es schwankte ein Fischerboot auf wilden Wogen. Ein Mann mit verzerrten Zügen und ein erschrockenes Kind, beide sitzend mit gefalteten Händen, baten um ihre Rettung. Oberhalb des Bootes schwebte ein riesiger Vogel, die Taube als Heiliger Geist, oder ein Engel, ja, das war ein Engel, der seine Flügel ausbreitete. Er katapultierte mich in die Klosterschule meiner Kindheit. Das Bild im Klassenzimmer stellte ein Kind dar, das auf einer morschen Brücke den Sturzbach überqueren wollte, hinter ihm entfaltete sein Schutzengel die Flügel. Dieses Bild hatte mich schon damals nicht überzeugt: Eine morsche Brücke bleibt eine morsche

Brücke und lebensgefährlich. Ich tauchte auf aus den erstarrten Wellen im goldenen Rahmen, holte Luft und durchbohrte dann mit strengem Blick die Journalistin, die sich, zum Schein verlegen, auf die Lippen biss, deren roter Ton mit dem lila Pulli wirklich nicht harmonierte. Sie schluckte und kaute jetzt an ihrem Kaugummi. Ich habe nie verstanden, warum Menschen, vor allem fein geschminkte, elegante Frauen, sich freiwillig das Aussehen von wiederkäuenden Kühen verleihen. Andererseits: Ihr blasses dreieckiges Gesicht, ihre Mischung aus vorgespielter Schüchternheit und Ungeschicklichkeit, ihr Begehren, *jemand zu sein*, ihr Mund, in dem das Wort *Sex* langsam abschwoll und eingelagert wurde, rührten mich auf einmal an. Ich werde, zugegeben, ruckzuck von der Notwendigkeit überzeugt, naive Menschen zu befriedigen. Dennoch: Hatte die Frage nach Liebe und Sex wirklich mit meinem Buch zu tun? »Für mich?«, fragte ich. »Sie wollen wissen, was es für mich persönlich bedeutet?« Die Frau senkte die Augen und schielte auf ihre Notizen, als sei sie doch bereit, eine klügere Frage zu finden. Schon aber sprang ich ins kalte Wasser und gab ihr eine zufriedenstellende Antwort. Ich klang kindisch provokativ: Die Liebe und der Sex hätten schon immer eine bedeutende Rolle für mich gespielt, schon als Kind hätte ich glänzende Orgasmen gehabt, indem ich mich in der Turnstunde an einem Kletterseil hochgehievt hätte, ohne zu wissen, was ich da eigentlich machte. Es ergebe sich daraus der Beweis, dass Sex und Liebe nichts miteinander zu tun haben, ganz und gar nichts, denn ich sei sicher nicht in das Kletterseil verliebt gewesen. Die Journalistin schaute mich mit offenem, angefeuchtetem Mund an, was mich anregte, weiter lächelnd zu dozieren: Das bleibe selbstverständlich unter uns, Frau Sittich.

In der Pubertät, der Zeit der Verwechslungen, Irrtümer, Anpassungs- und Befreiungsversuche, der Zeit aus zarten Gefühlen und Geilheit, ändere sich das selbstverständlich, man finde seinen Helden in der Disco, verliebe sich unsterblich und entdecke dann beim ersten Verschmelzen tatsächlich den Zusammenhang von Liebe und Sex.

»In der Tat«, sagte Frau Sittich und ließ mir eine Sekunde Nachdenkzeit.

»Wobei ich in meiner Jugend die Liebe zu zweit und den Sex zu dritt bevorzugt habe.« Die Röte in Frau Sittichs Gesicht und die Erwartung in ihrem Blick spornten mich weiter an. Die Liebe würde, fuhr ich fort und eine Verzweiflung kratzte sich in mir hoch, die Liebe würde – »und, Frau Sittich, das dürfen Sie veröffentlichen« – eine feste Umarmung verlangen, zwei Arme um seinen oder ihren Körper: Ich umarme dich. Eine echte Liebe ersucht ein gegenseitiges Ansehen.

Ich schaute ihn an, der Blick tauchte unausweichlich in seine Augen, um dem Innigsten, dem Tiefsten, dem Schönsten, dem Dunkelsten und dem Hellsten, dem Weichsten, dem Härtesten seines Wesens beizuwohnen: *Amour*, ich bin bei dir. Die Liebe ist ernst und schweigsam. Sie duldet keine Zerstreuung, kein Hin und Her der Pupillen: Ich erfahre dich. Sie fordert völlige Hingabe, ein Verschmelzen: Ich liebe dich. Ich dich auch.

Meine Liebe für Ludo ähnelte eher den Obstkörben der niederländischen und flämischen Maler des siebzehnten Jahrhunderts. In diesen mit Symbolen protzenden Stillleben wimmelte es von Insekten, Vögeln, Schmetterlingen und Eidechsen, die sich an üppige Blumensträuße ranmachten, an exotische Tulpen und göttliche Lilien. Blumen aus zwei oder drei Jahreszeiten, manche schon welk, waren auf die Platte eines Eichentischs gefallen oder, wie bei Balthasar van der Ast, Obst und Muscheln aus einem Korb auf den Tisch ausgeschüttet, direkt vor den Saugrüsseln der Insekten, die uns an die Vergänglichkeit des Lebens erinnerten.

Es entging mir nicht, dass Frau Sittichs Hände zitterten. Hatte mein Vortrag sie so gerührt, oder brauchte sie auch einen Sherry? Sie fragte jetzt, ob es die wahre Liebe nur zwischen Gleichgesinnten geben könne, sie meine, zwischen Menschen, die *etwas* zusammen *aufgebaut* hätten, sich eine gemeinsame Geschichte *schreiben* wollten, und ob deshalb die Liebe von Lew und Klara habe scheitern müssen, während die Ehe mit seiner Frau Marie, der zweiten Protagonistin, gesiegt habe. »Kann sein«, seufzte ich, »was bedeutet aber wahre Liebe? Gibt es eine falsche Liebe? Höchstens Liebe für den Falschen.«

Frau Sittich zögerte einige Sekunden, fuhr sich mit der Zungenspitze über die Lippen, fingerte an ihrer Halskette aus spitzen Korallen. Ich dachte, jetzt komme die Frage nach dem Sex zu dritt, sie traute sich aber nicht.

Den Sex zu dritt habe ich auf der Düne von Pilat in einer Sommernacht in der Zeit der jugendlichen Verwirrungen erlebt. Mein damaliger Freund küsste meinen Mund, der Freund meines Freundes biss meinen Nacken, der eine schmiegte sich an meinen Rücken, der andere an meinen Bauch. Sie gaben ihre Wärme ab. Ich brannte, Sterne funkelten. Ich liebte beide, ich liebte keinen, langsam verschmolzen die drei Seiten unseres Dreiecks zu einer einzigen Linie. Meine Hände gruben sich im Sand ein, meine Seele rieselte um die Welt. Dachte ich. Es war nicht notwendig, nur neu. Was ich mit dem Mann, den ich liebte, erlebte, war notwendig. Wer nicht liebt, stirbt. Oder wandelt als Todgeweihter durch die Gegend. Der Sex zu dritt war ein Irrtum, bloß das harmlose Zertrümmern eines müden Tabus. Es gehörte nicht zu mir. Verglühte sofort.

Frau Sittich schlug die Beine übereinander und seufzte wie eine satte Genießerin: »Klara ist Schulleiterin. Lew, viel jünger als sie, unterrichtet erst seit sechs Wochen an ihrer Schule, Englisch. Beide verlieben sich. Man kann fast von einem Blitzschlag, von einem *coup de foudre* sprechen, so nennt der Franzose die Liebe auf den ersten oder hier zweiten Blick, nicht wahr, als er ihr am ersten Schultag nach den Herbstferien auf dem Schulhof entgegenkommt, oder?« Sie nahm den Roman, öffnete ihn an einer gelb markierten Seite und las mir mein eigenes Buch vor: »*Als er über den Schulhof ging, wurdest du noch stiller. Saskias Worte kamen jetzt aus der Ferne. Die Kollegin ließ sich nicht in ihrem Redefluss bremsen, erzählte weiter, gestikulierte. Sie versuchte deine Aufmerksamkeit zu fesseln …*« Frau Sittich übersprang etwas. »*Vielleicht ging es wie so oft um Eltern, die auf die Barrikaden stiegen, um ihre verzogene Tochter zu verteidigen,* und so weiter und so weiter … *Du hörtest Saskia nicht mehr zu. Ihre Worte flatterten durch die Luft und duckten sich in den abgefallenen Ahornblättern, deren Spitzen sich bereits krümmten* … Bzbzbz … Ich hab's: *Lew ging mit gemäßigtem Schritt, bahnte sich einen Weg durch die Schülerpulks, grüßte im Vorbeigehen den einen oder die andere. Du vernahmst den warmen Ton des Grußes, von leiser Ironie marmoriert. Die*

Art von Stimme, aus der man alles heraushören kann, einen kondensierten Ton des Spottes wie der Zuneigung, eine persönliche Botschaft der Anteilnahme. Anteilnahme woran? Auch das konnte sich jeder heraussuchen. Die Schülerinnen lächelten ihn an. Blicke folgten ihm bis zur Eingangstür der Schule. Dass du erstarrtest, als er lief, dass er mit einer Schülerin sprach, als du schwiegst, dass ihr euch beide zu lange ansaht, bevor er dir die Hand reichte, und alle zu Statisten wurden, das war der Anfang eurer Leidenschaft. Als hätte euch ein Regisseur die erste Szene improvisieren lassen. Eine Wechselseitigkeit, die jeder gute Beobachter als den Beginn einer verrückten Liebe hätte interpretieren können.«

Einige Wörter und Halbsätze hatte Frau Sittich mit einer lauteren Stimme und einem schrägen Blick in meine Richtung betont. Sie klappte das Buch zu, öffnete es sofort wieder, schmatzte mit dem Kaugummi.

»Dem Leser wird hier vieles klar. Die Liebe wird in Szene gesetzt. Eine passionierte, aber verfängliche Liebe, die Widersprüche in sich birgt. Die Direktorin einer Schule verliebt sich im fortgeschrittenen Alter in einen neuen, viel jüngeren Lehrer. Sie kennt ihn schon seit zwei Monaten, aber an dem Tag macht es Klick. Mir drängen sich viele Fragen auf. Gibt es das: Liebe auf den ersten, sagen wir: hier zweiten Blick? Und: Welches sind die Voraussetzungen für eine große Liebe?«

Die Journalistin ließ sich selbst keine Zeit, um Atem zu holen. Emotionen schwellten ihr die Brust, die sich schneller hob und senkte, ihr Blick hatte etwas Wirres, als sie fortfuhr.

»Beim Auftreten von Lew erstarrt die Umgebung der beiden, die Anwesenden werden zu Statisten. Sobald man liebt, wird der Rest der Welt zur Bühnendekoration, die Menschen zu Komparsen. Kann man das so formulieren? Ist es denn so, dass die Passion die Welt *entzaubert*, quasi entleert, wenn nur noch der Geliebte wahrgenommen wird?«

Ich wollte mich dem Redefluss der Journalistin entgegenwerfen, es gelang mir nicht, ihr Ton wurde schriller.

»Sie beschreiben die Stimme von Lew als eine Stimme voller Anteilnahme, Anteilnahme woran? Ist das nicht so, dass man einem solchen Menschen sofort misstrauen sollte, wenn man alles Beliebige in ihn, in seine Stimme oder in seinen Blick, hineininterpretieren, ja alles Mögliche herausinterpretieren kann?«

War Frau Sittich bewusst, dass sie gar nichts über den Roman erfahren wollte, sondern nach einer Unterrichtsstunde im Fach Liebe gierte? An ihrem bettelnden Blick, ihren fahrigen Händen erkannte ich ihre Bedürftigkeit. Die Journalistin, dachte ich mir, war bestimmt verliebt, und zwar nicht in ihren Mann oder Lebensgefährten. Gewiss heikel in dieser kleinen Inselstadt. Ich stellte mir vor, wie Frau Sittich und ihr Liebhaber (ein hiesiger Sonntagsmaler, den sie interviewt hatte?) sich irgendwo zwischen zwei Dünen versteckten oder auf dem feuchten Sand barfuß marschierten, wie sie sich Albernheiten zuflüsterten und ihre Fußspuren hinterließen, die das Meer bald überfluten würde – an keinem anderen Ort werden die Beweise eines Lebens so schnell verwischt wie auf einem Sandstrand –, seine linke Hand presste ihre rechte, beide wären stolz, dass sie ihren guten Ruf riskierten, oder täten nur so, im Grunde fürchteten sie sich beide, überrascht und demaskiert zu werden, Bekannte zu treffen, die gerade ihren Hund ausführten, die vielleicht diskret zum Meer schauen und in ihrer

Meditation verharren würden, bis die Journalistin und ihr Geliebter sich entfernt hätten, das verliebte Paar, wie es sich über mein Buch unterhielt, über den *Roman d'amour*, bevor die Zufallszeugen nach Hause gingen und herumtelefonierten, dass die Frau Sittich fremdgehe, oh là là, und doch, doch, mein Lieber, wir haben sie am Strand gesehen …

Ich habe Ludo vor der Eingangshalle der Uni kennengelernt, am 21. Juni. Es war eine Fête de la Musique, und leider regnete es. Studenten, Dozenten und Hausmeister hatten größere Planen und Zelte aufgebaut, auf die der Regen trommelte. Ich mag den Regen, der Himmel und Straßen durchspült, ich mag sein rhythmisches Klopfen auf den Dächern, aber für das Musikfest war er sehr unpassend. Eine befreundete Dozentin, Saskia (Name unverändert), hatte mich eingeladen. Ich war zu Fuß gekommen, zu leicht gekleidet, meine nackten Beine von nassem Straßenstaub beschmutzt, meine Lederpumps feucht. Eine schlechte Nacht hatte mir tiefe Augenringe eingebrannt. Seit meiner Scheidung hörte ich Möbel und Objekte nachts knarren und seufzen. Die Einsamkeit hatte sich als Schmarotzerin in meiner Wohnung eingenistet. Ich war ein zwar bemühter, aber trauriger Mensch geworden.

Alle waren entschlossen, sich das Fest nicht vom Wetter verderben zu lassen. Ich schwatzte und rauchte eine Zigarette mit Saskia. Ein Mann im mittleren Alter kam auch mit seinen Zigaretten aus dem Gebäude. Saskia stellte mich ihrem Kollegen vor als »Charlotte Moire, meine französische Freundin. Sie ist übrigens Schriftstellerin. Charlotte, das ist Ludo, mein Kollege, Anglist und früher mal auch Romanist«, und erzählte weiter. Ich betrachtete den lächelnden Ludo, schwarzgraue

Locken, grüner Blick, tiefe Krähenfüße. Saskias Worte – ich gab mir im *Roman d'amour* nicht mal die Mühe, Klaras Kollegin anders zu nennen – nahm ich nur noch im Hintergrund wahr, es ging um Klausuren, die Leute dächten, klagte sie, je länger die Texte seien, die sie schrieben, desto schwieriger sei es für den Dozenten, eine schlechte Note zu geben, man müsse wenigstens das vollgeschriebene Papier honorieren. So verstrickten sich viele in uferlose Ausführungen. Aber ich bin die Dame mit der Schere, sagte sie, wer zu viel sabbert, dem schneide ich die Zunge ab. Mit den Worten spritzte ihre eigene Spucke durch die Luft. Ich fröstelte und brachte ihre Geschwätzigkeit und die Logorrhö der Studenten überein. Ludo linste in meine Richtung, als er sich ins Gespräch warf. Den Studenten solle Saskia eine Grenze setzen. Dreitausend Wörter und Schluss. Er schaute mich direkt an, als er Nicolas Boileau auf Französisch zitierte: »*Ce qui se conçoit bien s'énonce clairement, et les mots pour le dire arrivent aisément.*« Was gut durchdacht wird, lässt sich leicht ausdrücken, und die Wörter dafür kommen wie von selbst. Angeber, dachte ich, und: Er will mich beeindrucken. Sein Gesicht schimmerte. Manchmal sind Worte wie Laternen, sie beleuchten das Gesicht des Sprechenden. Ich vernahm auch den warmen Klang der Stimme, die Ironie. Das musste ich fast genau so für *Roman d'amour* verwenden. Im Hintergrund hörte ich einen Studenten, der einen Biermann-Song zum Besten gab und plötzlich unterbrach, um seine Gitarre zu stimmen. Ludo fragte, welche Art von Romanen ich schriebe. Aus seiner Stimme konnte man in der Tat heraushören, was man wollte, einen verdichteten Ton des Spottes genauso wie der Zuneigung, »eine persönliche Botschaft der Anteilnahme«. Auch aus seinem Blick konnte man herauslesen, was man sich wünschte. Alles war da, Wärme, Neugier, Verständnis, Humor. »Psychologische Romane«, sagte ich. Lächelnd. Er bohrte nach, wollte mehr erfahren, und ich überraschte mich, indem ich von den Themen meines aktuellen Romans erzählte, sonst machte ich das nie. Mein Gesicht spannte, eine undefinierbare Aufregung ließ mich ein Wort nach dem anderen ausstoßen, ich gab mir Mühe, das richtige Wort zu finden, verschränkte und öffnete wieder die Arme, schaute ihn nur ab und zu an und wusste, auch ich wollte ihn beeindrucken. Saskia machte große Augen, meine Gesprächigkeit war ungewohnt. Der Student hatte sein Lied zu Ende gebracht, es wurde applaudiert. Ich drückte meine Zigarette aus und sagte, ich friere und müsse gehen. Er folgte mir, schlug vor, dass wir uns im nächsten Café mit einer warmen Tasse Tee mit Rum aufwärmen. Und ich, eine erfahrene Frau, wurde zu einem jungen Mädchen, das endlich in eine hellere und fröhlichere Welt als die der biederen Eltern eingeladen wird. Ja, es war Liebe auf den ersten Blick, wenn man damit diese ersten Minuten meint, die von einem Staunen und von einem plötzlichen Hunger nach Leben erleuchtet werden.

»Ja«, wiederholte Frau Sittich, »dieser Satz: *Anteilnahme woran? Auch das konnte sich jeder heraussuchen.* Kann man denn einem Mann vertrauen, dessen Absichten nicht eindeutig sind, einem Mann, dessen Worte, deren Klang jeder für sich anders interpretieren kann? Nichts ist definiert, man kann sich auf alles gefasst machen. Jeder, der ein großes Nähebedürfnis verspürt, kann in einem solchen Menschen das finden, was er sucht. Ist es nicht so mit diesem Lew?«

»Doch«, sagte ich, »so kann es sein. Die besten Schauspieler sind nicht die, die sehr ausdrucksstark sind, sondern die, die kaum etwas tun und ein neutrales Gesicht anbieten, in dem jeder Zuschauer das liest, was er selbst fühlt. Isabelle Huppert zum Beispiel gehört zu dieser begnadeten Sorte von Schauspielerinnen. Wenn er sie anschaut, blickt der Zuschauer seinen eigenen Gefühlen entgegen. Bei Lew ist es aber anders. Er spielt kein Theater, ist aufrichtig und nicht gefühllos. Wenn er ›Ich liebe dich‹ sagt, meint er es echt und so: Ich liebe dich in diesem Augenblick. Nun, er ist ein gutes Beispiel dafür, dass sich unsere Bedürfnisse und Gefühle stets entwickeln und unsere Haltungen immer revidierbar sind …«

»So entschuldigen Sie doch jeden Don Juan«, sagte die Journalistin. »Nein«, verteidigte ich meinen Protagonisten und meinen ehemaligen Geliebten. »Nein, in einem Don Juan steckt Berechnung. Er ist ein zynischer Verführer, die Frauen sind seine Kriegstrophäen, es geht ihm nicht um Liebe. Lew ist nicht berechnend, er ist kein Verführer, vielmehr ein Verehrer. In dieser Phase seines Lebens liebt er diese beiden, seine Frau und Klara. Er muss sich zwischen ihnen entscheiden. Wie auch Klara, so sucht er im Grunde den Sinn seines Lebens in der Liebe, während Marie ihren Lebenssinn in der Familie erkennt. Allerdings ist der Liebestanz subtil: Macht Marie zwei Schritte zurück (hau doch ab!), zieht es Lew in ihre Richtung. Klara ist die Erbittende, sie sucht immer Lews Nähe, also schreitet er schließlich zurück. Die ewige Geschichte aus *Carmen*: *Si tu ne m'aimes pas, je t'aime …*«

»Oh, wir wollen aber nicht so weit in der Handlung vorgreifen«, sagte Frau Sittich. »Jetzt haben wir meine Hauptfrage aus den Augen verloren, die Liebe auf den ersten, zweiten Blick. Sie spielen übrigens oft mit dem Leitmotiv der Reife, der

Hinfälligkeit, eine Pflaume fällt vom Baum, ein Tropfen stürzt vom Zweig, ein Wort, das man zu lange im Mund gehütet hat, wird auf einmal herausgespuckt und entzündet einen Streit. Was hat Lew und Klara bereit gemacht für diese Begegnung, was war die Voraussetzung für diesen Blitzschlag?«

»Sie haben Ihre Frage selbst beantwortet«, sagte ich. »Beide waren reif für große Gefühle, vor allem Klara. Lew ermüdete sein enges und forderndes Familienleben, sicher liebte er seine Frau noch immer, sie aber hatte nur noch Augen für die Kinder, erwartete vor allem von ihm, dass er seinen Vaterpflichten nachkommt. Er sehnte sich nach einem wilderen und unkontrollierten Leben. Weg aus der Tretmühle, dem täglichen Einerlei. Arbeit und Familie. Nettes Händchenhalten vor dem Fernseher. Gespräche über Kinderärzte und Kindergarten. Ein lieb gemeinter Gutenachtkuss. Er wollte die Routine, die lauen Gefühle abwerfen, eine neue Klarheit erleben. Leben!«

»Könnten Sie vielleicht die Stelle vorlesen, als Lew und Klara eine Oberstufenklasse ins Theater zu einem Stück von Samuel Beckett begleiten?«

Frau Sittich gab mir das Buch, es war genau an der Stelle aufgeschlagen. Ich las vor: »*Die Hälse zu. Die Hände heiß. Du spürst, wie er neben dir atmet. Er schaut zur Bühne, lässt Wladimir und Estragon nicht aus dem Blick. Sein rechtes Bein, so nahe an deinem, gleitet näher, Jeans berührt Nylonstrumpf. Du bewegst dich nicht. Die Wärme, die in dich steigt, rollt sich in deinem Bauch zusammen, nimmt dir den Atem. Du brennst. Du hörst dem absurden Dialog der beiden Figuren nicht zu. Sie warten auf Godot. Du wartest auf mehr. Er wird sich nicht trauen. Doch, er wird. Wie zufällig nähert sich seine rechte Hand deiner, sie streift sie kaum, er zieht seine zurück, wirft dir einen raschen*

Blick zu, du hörst ein Seufzen, ihr spürt das Gleiche. Du flüsterst ihm ins Ohr: Nicht hier.

Les jeux sont faits.«

»Und der Stein kommt ins Rollen«, lächelte meine Kritikerin. »Mit seiner flüchtigen Geste, mit ihren zwei Worten werden alle Prinzipien und Hemmungen über die Klippe geworfen. Klara ließ, denke ich, die Deckung etwas zu schnell fallen. Na ja, sie ist geschieden, älter, nach einer langen Zeit der Einsamkeit und Enthaltsamkeit ist eine neue Liebe dringlich geworden.«

Frau Sittichs Ton missfiel mir.

»Ich weiß nicht, ob man sagen darf, dass eine neue Liebe ›dringlich‹ geworden ist«, sagte ich. »In der Tat droht der Mangel an Liebe ihr Leben auszuhöhlen. Klara sucht nach einem Lebenssinn, in ihr steckt eine verzweifelte Sinnsuche. Und ja: Die Hälfte des Lebens ist vorbei, und man will sich häuten, ab jetzt ein reicheres und intensiveres Leben führen.«

Nach zwanzig Jahren einer zerrütteten Ehe und zwei Jahren Einsamkeit schüttelte ich feine Partikel der Langeweile, des Anstands, des guten Willens ab, ich operierte den grauen Star, der die Farben ermattet hatte.

»Also«, sagte die Kritikerin, »Klara arbeitet, erfüllt ihre Pflichten als Schulleiterin, diskutiert mit den Kollegen, empfängt Eltern und Schüler, übernimmt Verantwortung, aber ab achtzehn Uhr, manchmal früher, sagen wir, wenn der Tag sich neigt, wenn die ausgefüllten Leitz-Ordner in den Regalen stehen, spürt sie, wie das Vakuum ihres Lebens ihr den Hals zudrückt. Darf man das so sagen?«

»Ja! O ja. Die Pflichtwahrnehmung entpuppt sich als eine Rauch- und Nebelmaschine auf einer leeren Bühne.«

Frau Sittich sah mich beinah devot (oder listig?) an. »Ach, wie schön Sie über Klara reden können. Also«, fasste sie wieder zusammen, »Ihre Helden haben ein nachdrückliches Bedürfnis nach Glück, nach einem zwangsfreien Glück, das nicht an ehelichen Verpflichtungen und politischer Korrektheit krankt, Körper, Geist, Seele, alles schreit nach Rettung, man will nicht vor lauter Langeweile krepieren. Sie sind reif für die große Liebe, auch willig, sich der großen Gefahr auszusetzen, die jene Leidenschaft in sich birgt.«

»Genau«, antwortete ich, »und das führt uns zurück zu einer Ihrer ersten Fragen über die Entleerung der Welt. Ohne den Geliebten wird die Welt fad, jede Tätigkeit uninteressant. Klara hatte seit ihrer Scheidung ein vernünftiges und selbstbestimmtes Leben geführt, sich mit kleinen Freuden abgefunden, Sport, Kunst, Freunden, Ausflügen in die Natur, dem Üblichen. Dies alles wird nun aber schnell entwertet, sobald ihr Geliebter es nicht mit seiner Gegenwart auflädt. Sobald sich Lew entfernt, ist die Welt jetzt eine Ödnis. Sie kennen vielleicht den Spruch von dem französischen romantischen Dichter Lamartine, *un seul être vous manque, et tout est dépeuplé*. Ein einziges Wesen fehlt Ihnen, und alles ist menschenleer.«

Schreiben kann die Zweisamkeit ersetzen. Ein Eros-Ersatz. Man schlüpft in seine Protagonisten. Wir halten uns gegenseitig am Leben. Ich glitt in Klaras Gestalt und sie in mein Empfinden. Wir wälzten uns auf einer fremden Wiese, in der wir beide heimisch wurden. Mit Lew habe ich meinen verflüchtigten Liebhaber festgeschrieben. Ich mochte seine Begierde, seine Lebenslust, tolerierte seine Schwäche, seine Amoralität. Ich empfand Zärtlichkeit für meine Protagonistin, diese Schulleiterin, die vor Verlangen und Sehnsucht erkrankte. Ich duzte sie, als ich sie niederschrieb. Während der Schreibmonate von *Roman d'amour* waren wir eins und unsere Geliebten zusammengeschweißt.

Am Ende des Tages, wenn die Schule längst leer war, vermissten wir den schönen Lew, die Entbehrung warf bedrohliche Schatten auf den Schreibtisch und die Regale, doch noch konnten wir nicht nach Hause, als wären wir ihm an diesem Arbeitsort näher. Er aber saß bei seiner jungen Familie, aß Abendbrot, plauderte mit seiner Frau Marie, brachte die Kinder ins Bett. Oder er schaute durch das dunkle Fenster und sandte seiner Geliebten unerhörte Signale. In seiner Abwesenheit war die Welt für uns wertlos, ein Wimmelbuch, in dem nichts Interessantes zu finden war. Erst am nächsten Tag würde Leben zurückkehren, würde die Schule wieder zu einer großen Bühne, wenn Lew um 7 Uhr 50 den Hof betrat, uns einen Blick hoch zum Fenster warf, und wenn wir ihm zwischen Tür und Angel, als gerade keine fremden Ohren lauschten, schnell ein Gedicht zustecken und flüstern würden, dass wir ihn immer noch liebten, immer noch, nach drei Stunden, dreißig Tagen, fünfundzwanzig Jahren lieben würden. Das Wochenende hätte man gern vom Kalender gestrichen, zwei Tage und drei Nächte, ohne ihn zu sehen! Wir suchten wie Teenager nach Definitionen der Liebe von Plato bis Henry Miller, Liebe heißt, die Wünsche des anderen erfüllen zu wollen, sein Wesen zu respektieren, blablabla, einen Menschen in seiner Ganzheit anzunehmen, ohne seine Fehler zu korrigieren, denn sie gehören zu ihm, er ist nicht großzügig und intelligent, nicht geizig und dümmlich, er ist. Bablabla. Nein, er ist der, den ich immer gesucht habe, die andere Hälfte des Kugelmenschen von Plato, ach, βλαβλαβλα, er ist der Mensch, der aus der Menschheit tanzt, er schenkt mir den Augenblick, der aus der Zeit springt, er ist der Mensch, der mich küsst und einatmet, Wärme spendet, Gegenwart schenkt, meine Hand festhält, in mich eindringt und mich mit Lust erfüllt, ich würde, ohne mit der Wimper zu zucken, mein Leben für ihn geben (blablabla?). Ich liebe ihn, weil es sein sollte, weil er da war, weil ich da war (Letzteres ist nicht von mir). Klara und ich standen in einem ständigen Dialog mit Ludo/Lew, in inszenierten Gesprächen, inszenierten Handlungen, begleitenden Küssen und Liebkosungen. Das vernünftige Nachdenken, die täglichen Gespräche des realen Lebens wirkten nicht nur deplatziert, sondern künstlich, platt, verblödend. Und Klara, die alternde Schulleiterin, entdeckte unter meinen Fittichen die Freuden des Dichtens und schrieb für Lew meine alten Verse neu.

Der blaue Raum

Er ist hell und blau, der Raum, wo wir uns lieben
Seit tausend Jahren
Die Welt, wo wir den Amseln lauschen
Moosig und warm das Nest, wo wir beide hocken
Sie holen uns zu sich, die singenden Geister

Sie erzählen Intimes, Unwirkliches, Vertrautes
Und sie bringen uns bei, frei im All zu schweben
Aneinander zu segeln, ineinander zu kreisen

Er ist hell und blau, der Raum, wo wir atmen
Seit tausend Jahren
Die Welt, wo wir den Amseln lauschen
Moosig und warm das Nest, wo wir beide liegen
Sie holen uns zu sich, die schlafenden Geister

Frau Sittichs Handy klingelte, tatsächlich ein Zwitschern als Klingelton. Sie machte ein entschuldigendes Zeichen: Geht gleich weiter, Charlotte, ich muss da leider ran.

Zwei Jahre bevor ich Ludo kennenlernte, hatte sich mein Mann verabschiedet. Eine Nichtigkeit hatte einen Streit verursacht, der Streit war wiederum der Grund für seine Entscheidung. Ein Wort gab das andere. Die Wahrheit war – wenn man von Wahrheit in einem Streit sprechen kann, in dem jeder stur seinen Standpunkt und seine Interessen verteidigt –, dass er lange auf einen Vorwand oder eine günstige Gelegenheit gewartet hatte, um seinen Koffer zu packen. Dieses Mal ging uns beiden der Standard-Linderungssatz ab, den wir sonst oft brachten, »Man sollte doch alles vernünftig besprechen, Schatz.« Er warf mir vor, nur für meine Bücher zu leben. Ich sei abwesend. Jawohl, abwesend. Du lebst, meine arme Charlotte, in der künstlichen Welt deiner Protagonisten. Sie umzingeln dich. Du stehst im Kabinett von Madame Tussaud. Du hast kein Auge für das Reale. Für die echte Welt. Deine wächsernen Helden sind dein Ein und Alles. Ich atme an deiner Seite und existiere nicht.

Er trug einen karierten Schlafanzug. Ein schottisches Muster. Ich steckte einen Finger in den Pyjamaschlitz und berührte seinen hängenden Schwanz. Den ich gernhatte, der schlaff, aber real war. Sicher dachte ich oft an meine Figuren, sie schalteten sich ein, am Tisch oder im Bett. Sie umgaben mich wie eine Patrouille von Gespenstern, sie umgaben mich wie die Soldaten des chinesischen Kaisers, die ihn in den Tod begleiteten. Mein Mann aber war echt und warm, wuchs weiter, schrumpfte zusammen, häutete sich permanent, ich sah, wie sein Bart wuchs, wie seine Gedanken keimten und sich entfalteten, ich hörte sein Herz klopfen, ich spürte die Glätte und das Raue seiner Haut, fühlte seinen Atem an meinen Lippen, roch den süßsäuerlichen Geruch seiner Achseln. Er hatte seit einigen Monaten eine Geliebte. Sie war nicht die erste. Ich erstickte in mir Argwohn und Eifersucht, wohl wissend, dass auch eine neue Geschichte alt wird. Ein Seitensprung war noch lange kein Grund, ein gemeinsames Leben, das viel Gutes hatte, das noch viel Zärtlichkeit und gegenseitiges Verständnis einschloss, wegen einer engstirnigen Eifersucht zu ruinieren. Aber irgendwann wandte sich auch meine bemühte Toleranz gegen mich, die mein Gatte als ein Zeichen der Gleichgültigkeit ummünzte. Den Mann, sagte er, den man nicht mehr liebt, freiwillig mit einer anderen Frau zu teilen, sei keine Heldentat, sagte dieser Champion der Unaufrichtigkeit.

Als er sagte, dass ich mir wahrscheinlich doch selbst genüge, dass er nur ein störendes Element meines fiktionalen Lebens sei und dass es für mich deshalb besser sei, wenn er sich verziehe, stand ich vor dem gardinenfreien Fenster unseres Wohnzimmers: Auf der Straße trotteten drei Frauen nebeneinander durch den Morgen, graues kurzes Haar, Vollrandbrillen, leicht korpulent. Meine Orakel schwatzten angeregt, trugen Sneakers und Leggings. Von mir aus kannst du gehen, sagte ich, wir sind beide gescheitert.

Ich hatte ihm den Laufpass gegeben, auf den er wartete. Ich gab ihm, was er wollte. Er zog konsequent zu seiner Freundin, und ich blieb allein mit meinem »fiktionalen Leben«, dessen Sinn, Struktur und Hauptprotagonist mich im Stich gelassen hatte. Dann kam die Zeit, die ungebeten verstreicht, Tage, die wie die Wagons eines Güterzugs vorbeirattern, ohne dass man jemals die Lokomotive sieht, eine Verdammnis, die nur ein Zusammengeschmiedetsein mit einem Menschen zu verdrängen hilft.

Zwei Jahre lang zwang ich mich allein aus dem Bett. Meine Heldin Klara hatte es leichter, der ich zwar dasselbe Schicksal aufgebrummt hatte, die aber nach ihrer Scheidung fast täglich zur Schule musste. Ich, als Schriftstellerin, war gezwungen, mir meine Disziplin selbst aufzuerlegen, so ging ich schwimmen, arbeitete, aß, trank ein Glas Wein, rauchte, spülte, las die Zeitung, rauchte, arbeitete, schrieb ein Gedicht, schrieb eine Romanseite, schrieb sie mehrmals um, löschte sie, rauchte, telefonierte mit Verwandten und Bekannten, verbot mir, tagsüber fernzusehen, atmete auf, wenn endlich die Zwanzig-Uhr-Nachrichten kamen und ich die restliche Flasche trinken und das Päckchen zu Ende rauchen konnte. Ging ich in meinem Viertel ziellos spazieren, verliefen sich meine Gedanken an jeder Kreuzung. Gedanken ist zu viel gesagt. Ein Nachgrübeln, ein Sich-Übelerinnern. Ich leckte an meinem Gedächtnis wie ein Hund am Mülleimer. Ich hatte keine Pläne, kein Ziel, auch kein Zielchen wie einen Kurzbesuch bei einer Freundin oder im Kino. Es war ein Brei, der Frühling vermischte sich mit

Winter und klebte die Osterglocken mit schwerem, nassem Schnee zu. Der Sommer war schwül und zeckenreich. Befreundete Paare luden mich bald nicht mehr ein, wollten dem ansteckenden Häufchen Elend nicht näher kommen. Nach diesen zwei Jahren raffte ich mich auf. Und sie sagten: Jetzt erkennen wir dich wieder, unsere Charlotte. Als hätte ich die ganze Zeit eine Maske getragen. Ich versuchte, mich erneut an einen warmen Leib anzuschmiegen. Erwachte ich am nächsten Tag bei ihm, sah ich nur einen fremden Körper neben mir, der im rohen Licht des Morgens eine tote Aura hatte. Die Unterhosen lagen auf dem Boden.

Bis zu dem kalten, verregneten Junitag, als Ludo mich nach dem Musikfest zu einem Tee mit Rum in eine Kneipe einlud. Wir hielten die Teegläser in unseren kalten Händen, um sie zu erwärmen. Für einen Geisteswissenschaftler hatte er kräftige Hände, leicht gebräunt. Er trug keinen Ehering. Ich atmete in das Glas und ließ seine Worte und den Rum der Jungferninseln einwirken. Wir schwärmten von unseren gemeinsamen Lieblingsautoren und Lieblingsregisseuren (Krzysztof Kieślowskis erste Filme waren schon gedreht, und später, als ich allein die *Drei-Farben*-Trilogie sah, hätte ich mich gern mit ihm ausgetauscht, wie auch über jeden neuen Roman von Philip Roth), dann bald erzählten wir von unserem Leben. Wir tranken und sprachen. Zwei, drei Stunden vergingen. Nach dem dritten Glas sagte er, schlecht hörbar und mit gesenktem Blick, er sei fast fünfzig, seit zwanzig Jahren verheiratet. Seine Frau sei hübsch, intelligent, jünger als er. Er könne nichts mehr für sie empfinden. Ich erzählte, ich sei über fünfzig, seit zwei Jahren geschieden und hätte nichts mehr für Männer übrig. Ludo schaute mich anerkennend an, versteckte dann sein Gesicht in den Händen und murmelte: Dann werden Sie sich jetzt bestätigt fühlen. Ich berührte seinen Daumen mit einer Fingerspitze, rieb leicht daran und fragte: Was müssen Sie loswerden? Er hatte sein Gesicht entblößt, sein Adamsapfel stieg auf und nieder, seine Augen wichen meinem Blick aus, als er sagte: Sie werden mich für ein Monstrum halten, aber in der letzten Zeit wünschte ich mir, sie stürbe.

Die Konjunktivform schockierte mich. Sein Vertrauen entzückte mich. Ich versuchte neutral zu schauen, als er weitererzählte. Marlies habe eine langwierige Krebskrankheit erlitten. Und überwunden. Ja, sie sei erfolgreich behandelt worden, habe gute Chancen auf eine definitive Heilung. Jedoch habe sich ihr Charakter sehr verändert, nein, das sei nicht das richtige Wort, eher: verschlimmert. Sie lasse sich immer wieder krankschreiben (auch die Schriftstellerin würde sie für den *Roman d'amour* krankschreiben und wusste es damals beim Tee mit Rum noch nicht), sie lebe in ständiger Angst vor einem Rückfall, wechsle von Larmoyanz zu Aggressivität. Er versuche sie zu beruhigen, zu besänftigen, sein Trost sei aber für sie nur verbrämter Unsinn. In ihm habe sich sogar das Gefühl festgesetzt, dass sie ihm seine gute Gesundheit vorwerfe. Sie sei zehn Jahre jünger als er, er rauche und trinke zu viel, aber gerade sie sei todkrank. Gewesen, erwiderte er immer wieder, gewesen, Marlies. Sie stritten täglich. Er wisse, dass er mehr Verständnis aufbringen sollte, sie sei schon immer labil gewesen, habe ein schwieriges Elternhaus gehabt, der Vater abgehauen, die Mutter überfordert, habe einen Selbstmordversuch in der Jugend hinter sich … Ich wollte sie retten, ich wollte damals ihr Ritter mit dem großen Herzen sein, ihr

Zuversicht und Lebenslust inhalieren. Raten Sie, Charlotte, was sie in der Kindheit und Jugend so unsicher gemacht hat. Der verschwundene Vater, ja, aber vor allem: Syndaktylie. Schwimmhäute zwischen den Zehen, bei ihr zwischen drei Zehen. Ein gar nicht so seltenes Minihandicap, das keiner sieht, wenn sie nicht gerade ihre Schuhe auszieht. Vielleicht sah sie die Schwimmhäute als göttliche Strafe, als sei sie verantwortlich für das Verschwinden des Vaters, für die Überforderung der Mutter. Ihre Eltern hätten sie früher operieren lassen sollen. Als Erwachsene wollte sie es nicht mehr, sie hatte Angst davor. Ich denke, dass sie die Schwimmhäute irgendwann als Persönlichkeitsmerkmal oder als Symbol ihrer persönlichen Geschichte betrachtete.

Ludo nahm meine Hand vom Tisch und steckte einen Finger zwischen Ring- und Mittelfinger, strich sanft dazwischen, als wollte er an meiner Hand aufzeigen, was er am Fuß seiner Frau sah. Ich verbot mir zu schmunzeln, ich sah aber nur noch ihn, den zusammengewachsenen Fuß, ich sah deutlich die Schwimmhäute, verbot mir zu lächeln, zu kichern, zu lachen, presste die Lippen zusammen und prustete auf einmal los, wieherte, schämte mich für meine Gefühllosigkeit, konnte den geschmacklosen Lachanfall nicht bremsen, verlor total die Kontrolle, nahm Ludo meine Hand weg, um sie mir auf den grölenden Mund zu legen, bat nach Luft schnappend um Entschuldigung und musste immer weiter lachen. Ludo grinste zaghaft, schaute belustigt, bis er, angesteckt, selbst zu lachen begann und sagte, nach Worten ringend, lach dich ruhig aus, wahrscheinlich war meine hysterische Reaktion ihm Grund genug, mich zu duzen, und als wir uns beruhigt hatten (bei mir immer noch ein nervöses Zucken um die Lippen), sprach er weiter, ohne mich anzusehen. Es sei schwierig, jemanden zu mögen, der so unangenehm geworden sei. *Unangenehm*. Ich ließ mir das Wort schmecken und musste mir wieder fest auf die Lippe beißen. Unangenehm, dachte ich, sei ein Steinchen im Schuh, unangenehm der fusselige Geschmack morgens im Mund. Aber »unangenehm« mausert sich auf Dauer zu »unannehmbar«. Eine Wortfamilie. Ein Familienwort. Ich wollte die Belustigung, das Staunen, aber auch den Ekel, die Neugier nicht näher an mich heranlassen. Doch in der darauffolgenden Nacht, die wir nicht zusammen verbrachten, ließ mich dieses Eigenschaftswort nicht los. Auch »Eigenschaftswort« ist an sich ein eigenartiges Wort, wenn man bedenkt, dass das Empfinden des einen, »unangenehm«, zu einer Eigenschaft der anderen wird, ihrer Unart. Auch ich war für meine Freunde unangenehm geworden, lästig, fies, weil traurig. Sie hielten mich auf Abstand. Sie hatten keinen *Spaß* mehr mit mir. Spaß muss sein. Das gesellschaftliche Leben soll wie das Eheleben einen seichten, ruhigen Fluss abgeben. Seine zwei Ufer heißen: »anständig« und »angenehm«. Kommt eine Sintflut (sinnvolle oder sinnlose Leidenschaft), dann überschwemmt, verschlammt, verwüstet der Fluss »anständig« und »angenehm«, Chaos entsteht. Ich hatte Ludo gesagt, ich bewundere seine Ehrlichkeit, seine Direktheit, dass er den Mut habe, einen so hässlichen Wunsch zu formulieren. In seinen Augen flackerte etwas wie Erleichterung, als hätte er jahrelang ausgeharrt, um diese Beichte abzulegen, den Satz, der ihn langsam vergiftete, »ich wünschte, sie stürbe« (es lebe die Assonanz). Er hatte in mir die ideale Zuhörerin gefunden. Und das Verständnis einer zukünftigen Geliebten. Warum verlasse er nicht seine Frau, anstatt … wenn auch schon … Er antwortete, es sei ihm unmöglich, wer könnte so kaltherzig sein und einen kranken Menschen verlassen? Marlies habe sich immer im Stich gelassen gefühlt, von ihrem Vater, von einem Jungen, für den sie seit der Grundschule schwärme und der ihr eine andere vorgezogen habe, von Freunden, die sich während ihrer Krankheit distanziert hätten. Nein, es würde sie vernichten. Es gebe doch einen Rest Anständigkeit in ihm. Er blieb ein paar Sekunden still sitzen und streckte mir seine offenen Hände hin, als wolle er sagen: Hier sehen Sie, wie ein Mann mit einem Rest Anständigkeit aussieht. Ich musste mich sehr zusammennehmen, um nicht direkt ins nächste Lachen zu fallen. Dann hatte Ludo mit sicherer Stimme hinzugefügt: Ich werde bei ihr bleiben, aber mein eigenes Leben führen. Bei diesen Worten schaute er mir direkt in die Augen. Ja, sagte ich, ja, das kann ich verstehen.

Die Journalistin hatte sich für ihr Telefonat ein paar Schritte entfernt, sie flüsterte, das Geflüster blieb hörbar, ich bin mitten in einem Interview, du weißt doch, habe ich dir erzählt, ja, nachher … ja klar, ja … ja … o ja … Ich freue mich … aber klar … ich auch, bis später. Die letzten Worte hatte sie gesäuselt.

Ihr Gesicht hatte sich leicht verändert, als sie sich mir wieder zuwandte. »Mein neuer Lebensgefährte«, sagte sie. Sie hatte ein Leuchten auf der Stirn und ein nervöses Zittern um den Mund. Ihre nächste Frage brachte mich auf den Gedanken, dass ihr »neuer Lebensgefährte« jünger war als sie und dass sie sich vielleicht deshalb mit Klara identifizierte.

»Welche Rolle spielt der Altersunterschied zwischen Klara und Lew?«, fragte sie. »Seine Frau ist viel jünger als Klara, und sie wird als attraktiv beschrieben.«

»Lew ist nicht der Typ, der eine ältere Frau wegen ihrer Falten nicht mehr liebenswert findet. Klaras Alter hat ihn sogar angezogen. Er hat in ihr gleichsam eine leidenschaftliche Geliebte wie auch eine zärtliche Freundin, mit der wohltuenden Nachsicht, die seine Frau Marie, als junge, fordernde und auch überforderte Mutter …«

»Marie ist außerdem Französin«, warf Frau Sittich ein.

»… nicht mehr aufbrachte. Und eine andere Sinnlichkeit. Der Altersunterschied und die Position von Klara als Direktorin der Schule haben ihn beeindruckt, er mochte ihre Autorität, dies war ihr Image, ihm hat sie als Schulleiterin imponiert, eine energische und gütige Frau, die wusste, wo es langgeht. Später aber, in der Intimität des Paares, entpuppt sie sich als eine Erbettelnde, eine ihm hörige Geliebte. Man spürt, wie wackelig dieses erste Bild war, wie künstlich und voller Risse die Ikone, die bald zerbricht. Je mehr sie ihn verehrt, desto weniger entspricht sie dem Bild, das Lew von ihr hatte. Sie ist in Irland nicht mehr die Frau, die er zwei Jahre zuvor im Herbst kennengelernt hat, und als …«

Als Ludo eines Abends bei mir klingelte und mir ankündigte, dass er für drei Wochen nach Irland müsse, um für eine wissenschaftliche Arbeit in der Old Library des Trinity College zu forschen, Recherchen zu unternehmen, die er nicht beabsichtigte zu machen, da jubelte ich. Wir gingen auf den Balkon, wo wir uns küssten, als müssten wir unser Glück vor der ganzen Welt proklamieren. Drei Wochen mit ihm. Nur mit ihm zusammen. Wir, die wir höchstens zwei Nächte zusammen verbracht hatten, würden demnächst drei Wochen zusammen leben, zusammen essen, zusammen schlafen, zusammen

Fahrrad fahren. Ich schwebte, als hätten sich aus unserer Existenz alle Blockaden verflüchtigt, als hätte man in der Welt alle giftigen, kriechenden Tiere ausgemerzt, aus dem Menschenwortschatz alle trivialen Worte ausradiert. Glück, erdgelöstes Glück.

Die Insel war grün und blau und schwarz und golden. Sie hatte die rosig verschwommenen Farben der Bewegung. Wir fuhren Rad. Landschaften und Dörfer, Hänge und Ebenen, Küsten und Binnenland, Wiesen und Steine, Kühe und Schafe folgten aufeinander, das Meer schlug rhythmisch zu, der Wind peitschte uns voran, die Böen wuschen uns von der Vergangenheit frei, die Nacht empfing uns, rabenschwarz.

»Charlotte, Sie sind viel zu schnell, wir kommen später zu dem Kapitel Irland«, griff Frau Sittich ein. »Sie sagen also, dass das erste Bild, das ein verliebtes Paar voneinander hat, dessen Zukunft bestimmen kann. Ich habe das Buch in der Tat so gelesen, dass beide dieses Bild nicht aufrechterhalten können oder wollen. Klara findet bei Lew zu sich selbst und verändert sich. Die strenge Direktorin legt sie ab. Sie erblüht, wird eine lebensbegeisterte Frau, die sich nur verkapselt hatte und jetzt aber auch schutzlos wird. Lew entwickelt sich vom charmanten, einfühlsamen Liebhaber zum Getriebenen, ist am Ende nur noch ein falscher Hund. Auch er bleibt sich nicht treu.«

»Sagte ich doch: Jeder verändert sich. Eine Liebe, die an der ersten Projektion haften bleibt, schwindet nach und nach. Sie haben recht, wenn Sie sagen, dass Klara sich zu der Frau wandelt, die sie vielleicht immer war, lebenshungrig und liebesgierig. Lews Gefühle aber waren in dem Bild verankert, das Klara nach ihrer Scheidung von sich entworfen hatte. Lew hatte seine eigenen Bedürfnisse darauf projiziert. Ich werde verlassen, weil ich das Bild von mir selbst verlassen habe, in einen anderen Typ Mensch mutiert bin, mich vielleicht auch nur gehäutet habe.«

»Wie eine Schlange«, sagte Frau Sittich. »Und der oder die Enttäuschte fragt sich: Habe ich geträumt? Hat der Mensch, den ich so liebte, überhaupt existiert? Und die Frage, die man manchmal ausspart, ist die des Kindes, das seine Puppe im Regen hat liegen lassen: Wieso ist sie so unansehnlich geworden? Nun will der Enttäuschte partout die Spuren nicht sehen, die seine Nachlässigkeit, sein Mangel an Zuneigung in dem anderen hinterlassen hat.«

»Ja«, sagte ich. »Lew ist sicher mitverantwortlich für die Metamorphose seines einst gefeierten Objektes.«

»Objekt?« Die Journalistin schien alarmiert.

»Hier nur ein ontologischer Begriff. Ich spreche von Marie.«

Frau Sittich sah mich fast flehend an. Wir schwiegen einige Sekunden und hörten, wie die Rezeptionistin laut mit einem Gast telefonierte.

Ich habe lang genug gelebt, um einige Mutationen zu beobachten: Die Schüchterne wird zur provokanten Partnerin, der Melancholiker zu einem garstigen Ehemann, die lächelnde Tänzerin zu einer eifersüchtigen Xanthippe. Welches Bild von mir hatte Ludo an unserem ersten Abend mitgenommen? Eigenartig, dass ich mir die Frage erst jetzt stellte, dank der Journalistin. Was Ludo, dachte ich, zuerst wahrgenommen hatte, war eine kleine, einsame Frau, die am Rand eines Musikfests fröstelte und dringend einen heißen Tee brauchte. Eine frierende und halb erfolgreiche Schriftstellerin, eine, die man beschützen müsste – wie seine Frau? Oder? Nein, das prägende Bild, das war das der Komplizin. Eine, die sich wie er bei diesem Fest langweilte, eine verständnisvolle, reife Frau, die ihr Teeglas fest in den Händen hielt, ihn eindringlich betrachtete und ihm gierig zuhörte, eine, die mit ihrem Lachanfall die Dramatik seiner Ehe mit ihrem Humor pulverisierte. Er öffnete sich unter meinem neugierigen Blick, schaute mir endlich in die Augen und sprach das Unaussprechbare aus. Und ich? Wie habe ich ihn gesehen? Als einen kühnen, entschlussfreudigen Mann, der beschloss, dass wir zusammen in eine Kneipe gingen, und der über sein Leben bestimmte: Er würde seine Frau nicht verlassen, jedoch sein eigenes Leben führen. Und mich verblüffte sein Vertrauen. Dieser Mann, der seine Frau betrog und anlog, schien mir der ehrlichste Mensch, den ich kannte.

Dann nahm sich die Journalistin zusammen und kam zum Buch zurück: »Lew und Klara werden sich fast ein ganzes Schuljahr lang treffen, sooft sie nur können, bevor sie in die großen Ferien gehen. Diese Rendezvous erfolgen entweder in der Mittagspause in Klaras Büro oder in der freien Natur. Sie müssen sich vor ihren Kollegen und vor den Schülern verstecken. Die Direktorin eines Gymnasiums hat eine Affäre mit einem viel jüngeren und verheirateten Lehrer: ein gefundenes Fressen. Die Geschichte spielt in den achtziger Jahren, die Schüler verfügen zwar noch nicht über Smartphones und können noch nicht das Privatleben ihrer Lehrer im Netz verbreiten, dennoch muss das illegale Paar vorsichtig sein. Als geschiedene Frau steht Klara schamlos zu dieser Beziehung, und doch hängt sie in den Fängen eines Gesellschaftskodex. Der

Leser fürchtet von Beginn an, dass es nicht gut ausgeht. Und so wird es auch kommen.«

Frau Sittich blätterte wieder in dem Roman, sie suche, sagte sie, die amüsante Szene im Kino, wo die Liebenden ertappt werden. *Die Marquise von O.* von Éric Rohmer wird gezeigt. »Hier: Vielleicht werfen Sie selbst einen Blick darauf?«

»Es waren wenige Zuschauer an diesem Montagabend, und die Chancen, unter sich zu bleiben, waren groß. Bruno Ganz küsste gerade die Hand von Edith Clever. Mimetisch hatte Lew die gleiche zarte Geste wie Bruno Ganz ausgeführt. Lew hielt noch immer deine Hand, du bemerktest das verspätete Paar erst, als es sich mit einem geflüsterten ›Entschuldigung‹ an deinen Knien vorbeipressen wollte und dich zwang, aufzustehen, obwohl es in anderen Reihen so viele freie Plätze gab! Lew und du, nun standet ihr Bauch an Bauch und Auge in Auge mit den Eltern eines Unruhestifters aus deiner zwölften Klasse.«

Wir wollten zwei Tage in Westberlin verbringen. Ludo war zu einer Konferenz über das Spätwerk von Shakespeare eingeladen, wollte sich allerdings nur bei dem eigenen Vortrag sehen lassen. Wir küssten uns am Gate, als eine Frau sich uns gegenüber hinsetzte. »Mist«, flüsterte Ludo, »das ist Rose, eine gute Freundin meiner Frau.« Ludo ließ sofort von mir ab. Ohne seine Umarmung fühlte ich mich schutzlos. Nackt und entlarvt. Er saß ganz steif da, biss sich auf die Unterlippe. Ich schielte hinüber zu der Frau, die wegschaute und sich hinter einer Zeitung versteckte. Während der gesamten restlichen Wartezeit blätterte sie kein einziges Mal um – der französische Staatspräsident Valéry Giscard d'Estaing erkannte erstmals das Selbstbestimmungsrecht der Palästinenser an –, und Rose ignorierte uns weiter, als wir mit ihr und allen Passagieren in die Maschine einstiegen.

Wir gingen am selben Abend alle Szenarien durch, die bei Ludos Rückkehr möglich waren, wenn diese Rose ihre Zunge nicht zügelte. War dies nun nicht endlich für ihn die Gelegenheit, Klarschiff zu machen? Dachte nur ich. Ludo wiederholte, er fürchte weiterhin einen Suizidversuch seiner Frau. Sie sei impulsiv, depressiv, sei über die Amputation ihrer Brust nicht hinweggekommen, nein, er würde es einfach leugnen. Die Bekannte habe sich geirrt, er selbst habe anscheinend einen Doppelgänger. Er würde auch monieren, wie könne sie einer Freundin trauen, die sich anmaßte, andere Leben durch solche Anschuldigungen zu zerstören? Angriff als beste Verteidigung. Er hoffte noch, dass Rose schweigen würde. Er kannte sie als eine diskrete, freundliche Frau.

Bei derartigen Gesprächen und Lügengebäuden zeigte er kein schlechtes Gewissen, so sehr wünschte er sich, seine Frau zu schützen – und sich. Ich fragte mich, ob er sich selbst nicht überschätzte: Ob seine Frau nicht ohne ihn leben könnte, bald vielleicht besser, bald befreiter? Warum sollte sie nicht nach der Brustprothesen-OP sogar einen neuen, treueren Freund oder eine andere Lebensmotivation finden? Ich kannte sie nicht, wollte auch kein Foto von ihr sehen, Ludo selbst hatte sie als hübsch, jung, intelligent, belesen beschrieben, sie habe einen Doktor in Philosophie, am Gymnasium unterrichtet und auch auf der Uni, wo sie zwei Jahre lang als Dozentin gute Erinnerungen hinterlassen habe. Sie könnte da durchaus wieder einsteigen, meinte Ludo. Meine Gedanken über das Paar Ludo-Marlies waren so komplex und kritisch, dass ich besser schwieg und nur zuhörte. Ich war nicht Ludos erste Geliebte, und als er sich bei den erfundenen Dialogen mit seiner Frau derart ereiferte und brillant seine Lügengeschichten erprobte, konnte ich nicht umhin, an die Unwahrheiten zu denken, mit denen er das Ende unserer eigenen Beziehung inszenieren würde. Unser Aufenthalt in Berlin war futsch.

»War das Verbot ihres Verhältnisses für Klara und Lew ein Damoklesschwert oder ein besonderer Anreiz?«, fragte Frau Sittich, die an ihrer Handtasche herumfummelte. »Eine große Liebe mit Hindernissen ist doch sicher prickelnder als eine erlaubte Beziehung, oder?«

»Ja, sicher«, sagte ich, »ein eingleisiges Leben kann einschläfernd wirken, eine Grenzüberschreitung ist reizvoll, die Furcht vor der Entlarvung anregend und aufregend, aber glauben Sie, dass Romeo und Julia oder, näher an uns, das jesidische Mädchen mit dem deutschen katholischen Jungen die Gefahr der Beziehung genießen? Das Verbotene, die Geheimtreffen mögen nur bis zu der Szene im Kino für Lew prickelnd gewesen sein, und Klara hätte von vornherein gern auf die Heimlichkeiten und nervenden Versteckspiele verzichtet und ihr Verhältnis offen erleben wollen.«

»Sie werden es wissen, Charlotte. In der Tat genießt nur der Leser die Spannung«, lächelte Frau Sittich, und ich spürte einen Hauch Zynismus oder Bitterkeit in diesem Lächeln.

Ich kann nicht leugnen, dass die Gefährdung einer verbotenen und geheimen Liebesbeziehung dieser eine starke Intensität verleiht. Auch die Bedrohung des Todes bringt das Leben zum Glühen. Als Klara Lew zum ersten Mal in ihrer Wohnung empfängt, zittert sie vor Aufregung und Scham. Der Sessel, das französische Bett, in dem sie seit Jahren allein schlief, vor allem der Kleiderschrank, es war die falsche Kulisse für das, was gleich passieren sollte. Der Wandspiegel klagte sie an: Sieh dich an, du bist zu alt für ihn. Sie konnte sich vor ihm nicht ausziehen und flüchtete ins Bad. Als sie im Bademantel zurückkam, lag Lew in Boxershorts auf dem Bett. Komm, sagte er, komm, bitte, und nimm mich in die Arme. Alles wurde leichter, als er seinen Kopf an ihre Schulter legte und sie ihn dann an sich drückte.

Der erste Satz von Lew im Bett stammt von Ludo. Es war ein schöner Juninachmittag, einige Tage nach dem Musikfest, als er mich besuchte. Der Vorwand war ein Buch von Henry Miller, das er mir leihen wollte. Lang bevor er klingelte, lief ich auf und ab im Flur, erregt wie ein Mädchen, das seinen ersten Freund erwartet. Ich betrachtete mich im Spiegel, kämmte nochmals mein Haar, versuchte vergeblich, meine Aufregung zu zügeln. Es war mir bewusst, dass ich einen Fehler machte, dass ich mit einem verheirateten Mann eine schwierige Beziehung einging. Dieses Wissen hatte aber etwas Fatalistisches. Es war jetzt so, ich wollte es so, es gab keine Möglichkeit, es nicht zu tun. Die Gefahr einer Entlarvung, einer darauffolgenden Trennung war weit weg. Irreal. Mein einziges negatives Gefühl war weder die Scham noch die Angst, es war Wut, Wut, dass ich viele Jahre mit einem Mann gelebt hatte, der mich nicht liebte, Wut, dass ich so viele Jahre in Trauer, Lähmung und Misstrauen verbracht hatte. Jetzt trieben mich Vorfreude, Neugier, Ungeduld, Lebenshunger. Ich lief auf und ab im Flur (auf teuren Stöckelschuhen, die ich sonst nie trug).

Er war pünktlich.

Wir fielen uns in die Arme. Der Anglistikprofessor hatte einen breiten Brustkorb. Er drückte mich, ich küsste seine Wange, seinen Halsansatz, seine Lippen, zum ersten Mal verschmolzen unsere Zungen. Wir waren beide kurzatmig. Wir gingen ins Schlafzimmer. Ich zog mein Kleid aus, ohne ihn anzusehen. Die Sonne stand schon tief und füllte das Zimmer. Im Bett bat er mich, ihn in die Arme zu nehmen. Wir blieben einen langen Augenblick still, mein Atem an seinem Haar, sein linkes Bein auf meinem rechten. Wir mischten unsere Wärme, spürten, wie unsere Körper sich still begegneten, bis das Gefühl, das bei dieser Umarmung entstand, nicht mehr zu ertragen war. Und das Liebkosen begann, langsam und intensiv, das Küssen, das Lecken. So scharf wie das Streicheln und Abküssen erforschten die Blicke alle Details des Gesichts und des Körpers des anderen. Seine grünen Augen, die Krähenfüße, eine kleine Narbe oberhalb der Lippe, den dunklen Haarwuchs auf der Brust, die Vene in der Armbeuge, den Nabel, leicht hervorragend. Die Muskeln seines Gesäßes, seine Schenkel, der lange Pfad seiner Wirbelsäule, dem meine Lippen folgten, alles führte mich in eine neue Zeit, die ich voll und ganz auskosten wollte.

Hinterher erzählten wir uns von der Vergangenheit: meine französische Kindheit auf dem Land, seine städtische Kindheit bei gebildeten Eltern. Ich sammelte vierblättrigen Klee, er Schallplatten mit Punkmusik. Meine längst zerbröselte Sammlung brachte ihn auf Irland. Ich werde dich dorthin bringen. Versprochen. Wir lachten viel. Als er nach Hause musste aber, schluckte ich Tränen herunter und nahm als gutes Omen jedoch an, dass er meine Lider leckte.

Frau Sittich legte ihre Hände zu einem spitzen Dach zusammen, auf das sie ihr Kinn ablegte. Ihre Atmung klang dramatisch.

»Trotz allem denke ich, dass das Brechen eines gesellschaftlichen Tabus nicht ohne Folgen bleibt. Anders wäre es für einen Roman ja auch langweilig, Lew und Klara haben also ihre Versetzung beantragt, die bekommt man aber nicht von heute auf morgen, so müssen sie noch ein paar schwierige Monate rumkriegen. Auch nicht leicht die geheimen Telefonate, die Geheimtreffen sonntags und an den Feiertagen, gar nicht gut die früher so ersehnten Weihnachts- oder Osterferien, das Warten auf ein Lebenszeichen, das Hoffen auf diese Bestätigung: Ja, ja, ich bin bei dir, ich gehöre dir, und so weiter, das verlangt viel Geduld, viel Fantasie, auch Frechheit und Mut. Ihre Klara lebt ein Geheimleben, ein Parallelleben, das Ihrem Roman fesselnde Momente beschert. Sie klingen echt, als hätten Sie sie selbst erlebt.«

Ich erinnerte mich an einen Spruch meiner Großmutter, *amour fou* sei eine Jugendkrankheit, die man erst überwinden sollte, bevor man heiratet. Ich war über fünfzig und hatte Liebe. Das warme Gefühl im Bauch, die Magenschmerzen, die Beine, die zu ihm rannten und mich doch im Schreibzimmer festnagelten. Ich konnte nichts mehr schreiben außer Briefe an Ludo und kleine Gedichte, steckte voller Ängste und platzte doch vor Energie und Zuversicht, war selbstgerecht, stolz, aggressiv, entkoppelt vom realen Alltag, in Hirngespinsten verfangen, zitterte vor Schwäche, mit einem aufrechten und wilden Gefühl im Herzen; Hoffnung und Verzweiflung verstrickten sich unheilvoll, ich war in der Laune eine Wetterfahne und in der Leidenschaft stabil wie ein Fels. Klang aber sein letzter Anruf nicht ein bisschen kühl oder eilig? Hatte er eine Verabredung abgesagt? Meine Bestürzung wuchs von Minute zu Minute, meine Vermutungen wurden immer irrationaler. Ich wusste, er hatte Termine, musste eine Menge Klausuren korrigieren, er besuchte Vorträge, schrieb an einer Forschungsarbeit. Aber möglicherweise hatte ich ihn ermüdet, möglicherweise musste er sich von mir erholen. Möglicherweise flauten seine Gefühle ab, und er traute sich nicht, es mir zu sagen, wie er sich nicht traute, seine Frau zu verlassen, ja, ich konnte es mir nicht mehr verbergen, er ertrug mich nicht mehr. Ja, ich war in seinem Fleisch eine Zecke geworden, die er vorsichtig mit einer Pinzette herausnehmen wollte, bevor sie ihn vergiftete. Ja, ich hatte seine Zuneigung überschätzt, ein Missverständnis, das er ausräumen musste. Im Grunde ähnelte ich seiner Frau. Ich war ihm lästig geworden.

Natürlich versuchten Klara wie auch ich als reife Frauen unsere Vernunft einzusetzen, unsere Ängste zu regulieren, wenigstens zu analysieren. Sicher, denkt man, werde es heute ganz anders: Man habe sich als unerfahrene junge Frau in den Erstbesten verliebt. Heute habe man mit der Reife auch Menschenkenntnis erlangt, angefangen bei sich selbst, man spüre und wisse doch, mit wem man wirklich harmonieren könne, auch wenn der Geliebte einer sei, der zu uns gehöre, uns aber nicht gehöre. Wir sind bei vollem Bewusstsein (dachten wir) eine Abmachung eingegangen, Ludo und Lew im Hintergrund und Untergrund zu verehren. In einem Geheimnis eingesperrt, dem Klatsch ausgeliefert, hielten wir uns für freie Liebende. Und blieben doch Zweifelnde. Liebte uns der andere auch wirklich? Ein kaltes Wort, eine gerechtfertigte Absage, und schon kam das große Zittern, das Gefühl zu ersticken. Und obwohl wir gebildete Menschen waren, half keine Lektüre von Freud, Jung oder Lacan, keine Erkenntnis darüber, dass wir als kleine Kinder zu wenig Zärtlichkeit bekommen und stets in der Angst vor Strafen und Demütigungen gelebt hatten et cetera et cetera et cetera. Nein, nein, nein, Introspektion, psychologisches Wissen, Rufe der Vernunft versagten absolut. Was uns nutzte, das waren nur der nächste Anruf von Ludo/Lew und der warme Ton seiner Stimme: Ich bin heute Abend frei! Und schon mokierten wir uns selbst über die Lächerlichkeit unserer vorangegangenen Ängste. Als ich im *Roman d'amour* die Person von Marie schuf, wollte ich aus ihr einen klügeren Menschen machen, der sich nicht sofort in das Szenario stürzt: Ich werde verlassen, man nimmt mir jeden Lebenssinn, ich will nicht mehr leben. Aber der Drang zum Leben und zum Tod war bei mir selbst unauflöslich mit dem Liebesverlangen verbunden.

Ich versuchte also Ludos Gefühlen in die Karten zu schauen. Konnte die Zweifel nie ganz beseitigen. War ich für ihn nur eine Bereicherung, der Umlaut, das ü seines Glücks, seiner Gelüste, eine süße Zerstreuung, ein egoistisches Vergnügen, die Befriedigung seiner Abenteuerlust? Die kleine Französin vom Dienst? Ich taumelte vor Einsamkeit und landete immer wieder in seinen Armen, beschämt von so vielen Zwiespälten. Mein Innenleben glich dem dunklen Chaos eines vulkanischen Gebirges. Ich stieß mich nachts an schwarzen Felsen. Wachte aber in einer Wiese auf. Es war zu spät, um etwas zu bereuen: Ich war aus dem alten Leben ausgetreten, dem Alltag entwischt, aus dem lauen Bad einer verrosteten Badewanne aufgestiegen. Ich lebte. Es ging mir nicht nur um das

Prickelnde, das Intensive, das Drama (im etymologischen Sinn von »Handlung«), sondern um das Allumfassende, um ein Gefühl, das den geliebten Menschen in seiner Ganzheit belichtet und den Liebenden selbst weitsichtiger und großzügiger macht.

Fünfundzwanzig Jahre später also radelte ich mit Klara zu Lew. Wir trafen uns öfter in einem Park am Rand der Stadt. Wir gingen einen schmalen und wenig besuchten Waldweg entlang und kamen an eine große Wiese, wo im Juni wilde Margeriten ihren strengen Geruch verströmten. Diese kurzen Auszeiten im Wald waren unsere Inseln. Das Wort »Auszeit« gibt es im Französischen nicht, es gehört zu den kühnsten Erfindungen der deutschen Sprache. Man entschwebt dem üblichen Trott, der belastenden Zeit. Man gönnt sich eine Stunde Freude. Eine Stunde Sinn. Eine Stunde Lust. Eine Stunde tiefe Zärtlichkeit. Eine Stunde Freiheit.

Manchmal gingen wir allein, ohne Rendezvous, wohl wissend, dass wir den Geliebten nicht treffen würden, weil er zu Hause saß, arbeitete, mit seinen Kindern spielte, unter Beaufsichtigung lebte, keinen Vorwand erfand, in seinem Alltag gefangen war, keine Zeit hatte. Und wir käuten diese Worte wieder, »keine Zeit haben«, sauer auf so viel Nonsens: Als würde die Zeit nicht an unserer Haut kleben, als könnte sie sich von uns trennen, um in eine andere Richtung als unsere zu verrinnen. So liefen wir, meine Heldin und ich, ab und zu den Kopf einer Margerite opfernd, er liebt mich, er liebt mich nicht, und je schneller wir uns unserem üblichen Treffpunkt näherten, desto realistischer schien die Möglichkeit, ihn zu treffen: Warum könnte er nicht wie wir dieser Eingebung folgen? Ich, Ludo, ich, Lew, brauche dringend frische Luft, sage meiner

Frau Tschüss, Schatz, bis gleich, öffne die Tür und springe auf die Straße, renne zu unserem Ort, einfach so, um dort die Frische einzuatmen, um mich an frühere Rendezvous zu erinnern oder um meine Geliebte zu treffen, der es wie mir eingefallen war, dass sie über ihre Zeit verfügen darf, sollte. Ja, würde er sich sagen, ich mache mir nichts vor, ich weiß, dass sie nicht plötzlich, aus dem Nichts, erscheinen wird, aber wer weiß, ob nicht ein Wunder geschehen mag?

Und dann, als wir selbst zum Ende des Wegs eilten, tauchte aus der Ferne ein Radfahrer auf. Noch weit weg nahmen wir nun eine dunkle Silhouette wahr, über den Lenker gebeugt, wurde sie immer deutlicher, und ja, der Mann trug einen dunklen Anorak, und ja, natürlich tragen in Deutschland neunzig Prozent der Männer einen dunklen Anorak, aber je näher er an uns heranradelte, desto heftiger schlug unser Herz, bis das Fahrrad sich als unmögliches Damenrad und der Mann sich als sportliche junge Frau entpuppte. Enttäuscht und müde trotteten wir weiter, ab hier war doch alles nur der Rückweg.

Auch die unerlaubten Telefonate für eine Verabredung, für die Absage einer Verabredung, für einen Gutenachtkuss, alles waren wertvolle, gestohlene Momente, wenn man seiner verschwörerischen Stimme lauschte, seinem kurzen Atmen, seinem kleinen Schmatzen im Hörer, einer erotischen Andeutung, einem leisen »ich vermisse dich«, »ich sehe dich nackt vor mir«, alles kostbar und schmerzhaft zugleich. Öfter schrieb ich danach ein Gedicht, klingende Silben, um den flüchtigen Austausch festzuhalten, um seinen Atem zwischen den Zeilen zirkulieren zu lassen. Diese Gedichte, die schnell ihren Glanz verloren und sich wie Trostpflaster anfühlten, besaßen, zugegeben, einen kompensatorischen Wert, aber nicht nur: Im

Schreiben konnte ich mich festhalten, meine Gefühle, die Texte hinterließen konkrete Spuren, verflossen nicht wie Küsse und Umarmungen, sie ermöglichten das Zurückschauen, Zurückstreicheln, Zurückküssen. Ich suchte mit meinem Stift nach Wörtern, wie ein Lumpensammler mit dem Stock in alten Kleidern und zerbrochenem Porzellan wühlt, immer in der Hoffnung, etwas von Wert zu finden. Meine Gedichte waren die Zeugen unserer Vereinigung, sie waren ihre Signatur.

Vollmond

Er hat sie gehäutet
Sie hat ihn entlarvt
Sie kamen aus der Puppe
Liebten den Vollmond

»Ich möchte gern«, sagte die Journalistin und öffnete wieder den *Roman d'amour* an einer Stelle mit einer Markierung, »dass Sie diese Seite laut vorlesen. Möglich, dass ich später etwas schneiden muss, ich habe nur eine Sechzig-Minuten-Sendung … aber ich werde eben eine Auswahl treffen.«

Frau Sittichs Blick erschien mir furchtbar aufdringlich. Sie schob mir das Aufnahmegerät zu, und mit dem Ringfinger zeigte sie die zu lesende Stelle an. Brav las ich vor.

»*Das Warten auf ein Lebenszeichen von ihm verdreht den Lauf der Stunden, eine Minute fließt zäh nach der anderen, alle Uhren der Welt sind verrostet, die Weltzeit defekt. Hatte er nicht gesagt, er wolle dich um neunzehn Uhr anrufen, seine Frau sei außer Hause, habe eine Verabredung mit einer Freundin? Du sichtest Klassenreisen-Vorschläge der Lehrer, die am nächsten*

Tag in der Konferenz besprochen werden müssen, aber schon um achtzehn Uhr hindert die Vorfreude jede Konzentration. Das Warten bringt dich selbst als Schülerin in ein Klassenzimmer voll Kinder zurück, die auf ihre Uhr schielen, sich auf das Schulende freuen, auf die Zeit, wenn Bücher und Hefte in die Taschen geschmissen werden und man nach draußen stürzt, schnell in den Hof, schnell auf die Straße, der blaue Himmel strahlt, die grünen Hügel glänzen, nach der Schule kommt das Leben, wenn man sich aufs Rad schwingen kann, seiner Freundin die Gedanken der letzten Stunde anvertrauen kann, und jetzt hier, hier in der Zeit der späten Liebe, ist für dich, Fünfzigjährige, das Warten auf eine Nachricht ein unerträgliches Nachsitzen, deine Hoffnungen und Ängste paaren sich wie besoffene Discotänzerinnen mit besoffenen Discotänzern. Um neunzehn Uhr zehn packt dich die Angst, die Sekunden und Minuten stapfen dahin, aneinandergekettet und träge, eine Schar von bösen tickenden Zwergen.«

»Schön gelesen«, lächelte die Journalistin, »allerdings zu leise. Sie beschreiben in diesem Abschnitt die Qualen des Wartens, die Unsicherheiten der Geliebten, die ihres Freundes nicht sicher sein kann, selten aber findet man in Ihrem Buch den Ausdruck eines schlechten Gewissens. Immerhin bedrohen Sie die Ehe von Lew, das Leben seiner Frau und der kleinen Kinder.«

Hatte ich mich verhört, oder verwechselte Frau Sittich erneut Autorin und Protagonistin? Sie warf nur die Hand theatralisch vor den Mund und kicherte. »Ach, *ma chère*, Sie haben mich missverstanden, ich drücke mich ungeschickt aus, ich meinte nur, dass Sie als Autorin für die Auswahl der Themen, für die Führung der Handlung, für die Gefühle der Personen zuständig sind, oder? Wäre es nicht realistischer, wenn Klara sich ein paar Gedanken über die betrogene Ehefrau machte? Ist sie denn so skrupellos? Überhaupt kommt Lews Frau in dem Roman nicht so oft vor.«

Ich atmete tief ein.

»Welcher Schriftsteller war es noch mal, der sagte, dass man mit moralischen Gefühlen schlechte Literatur schreibt? André Gide? In diesem Roman«, ich betonte das Wort »Roman«, »geht es um das Erwachen, um das Erleben des Verlangens und der Leidenschaft und um deren Verlust. Klara verdrängt in der Tat das Leid, das sie einer anderen Frau zufügt, oder, nein, das ist falsch, sie überschreitet diese moralische Grenze, nach dem Motto ›Wer A sagt, muss auch B sagen‹. Auch für sich selbst akzeptiert sie den Preis von Lews Doppelleben. Sie verlangt nicht, dass er sich von seiner Frau trennt. Sie will die Ehe ihres Freundes und seine Familie nicht zerstören. Sie wünscht sich nur, dass er sie, Klara, nicht verlässt, dass Lew die Kraft hat, das Doppelleben zu ertragen, das er selbst gewählt hat, und, um es platt zu sagen, dass er das Beste daraus macht. Sie akzeptiert es, ihn nicht allein für sich zu besitzen. Natürlich darf man das als unmoralisch ansehen. Als egozentrisch. Als verwerflich. Als empörend. Diese Liebe ist jetzt ihr Leben, gehört zu ihr, steckt in ihr, sie steht dazu.«

Meine Stimme hatte sich teilweise überschlagen. Ich bestellte nun doch einen Scotch. Die Kritikerin fragte, ob Alkohol vor der Lesung zu empfehlen sei. Ich scherte mich einen feuchten Kehricht um ihre Meinung. So schwieg ich einfach, wie immer, wenn ich das richtige Wort nicht mehr finde. Oft schweige ich tagelang wie eine Karmelitin, nur dass ich schreibe und nicht bete, was im Grunde nicht viel anders ist.

»Also, Charlotte, zurück zum Plot …«

Ich wollte aber nicht zurück zum Plot. Ich trank einen zweiten Schluck, einen dritten und wollte lieber zurück zum Verwerflichen, zum Empörenden, zu Ludo, zu dieser Reise durch Irland, als wir jeden Abend und manchmal tagsüber die Liebe machten (er sagte dafür »ficken«), und ja, Frau Sittich, Leben lohnt sich, wenn man mit jemandem fickt, den man auch liebt. Liebt. Fickt. Liebt. Fickt. Liebt. Fickt. Fickt. Fickt. Damals tickte die Zeit richtig.

Der Whisky half.

»Diese eine Schülermutter …« Frau Sittich hämmerte jede Silbe. »Die Schülermutter wird die schönen Pläne von Klara durchkreuzen. Sie zahlt ihr die schlechten Noten ihres Sohns heim. Der Sohn ist dumm. Niemand kann etwas dafür, der Sohn auch nicht, man braucht aber einen Sündenbock. Es wird gepetzt. Bald ist die ganze Schule über die Affäre der Direktorin informiert. Lew und sie sind erwachsen, was sie riskieren, ist kein Prozess, kein Rausschmiss, sondern gesellschaftlicher Tadel und Spott. Klara wird der Lächerlichkeit preisgegeben. Schüler flüstern und kichern hinter ihrem Rücken. Manche machen sogar in ihrer Nähe freche Anspielungen, das Lehrerzimmer mutiert zum Wespennest, da summt und brummt das Schweigen der Kollegen bedeutungsschwanger.«

»Ja, keine angenehme Situation.«

»Lew hingegen gilt da als Eroberer, erhält auch ein paar Kommentare, aber nur mit einem Augenzwinkern oder gar mit Bewunderung. Einzig ein paar von Schülern hingekritzelte Zettel mit den Wörtern ›Arschkriecher‹ oder ›Arschficker‹, die eines Tages an seiner Autoscheibe kleben oder auf seiner Schultasche liegen, sind grob und beleidigend. Dass diese Wörter eines Morgens sogar auf der Tafel stehen, als er den

Klassenraum betritt, ist bemerkenswert. Eine tragikomische Szene, die Ihnen sehr gelungen ist.«

»Danke.«

»Es dauert nur einige Wochen und vierzig Seiten, bis Lews Frau informiert wird. Die Lehrerin Saskia besetzt hier die Rolle der Denunziantin. Nebenrolle und Schlüsselfigur. Saskia, die unserem Leser erstmals als unwillkürliche Zeugin von Klaras Verzückung auf dem Schulhof begegnet ist, hat der Kollegin die Stelle als Schulleiterin nie gegönnt. Außerdem hatte sie selbst eine Schwäche für Lew. Ein bisschen konventionell, diese Rolle, diese Funktion – wollten Sie diese Figur nicht nuancenreicher anlegen?«

»Nein, sie ist nur da, um eine neue Wendung in der Handlung herbeizuführen: den Augenblick, wo alles kippt.«

»Mit ihr haben wir nun also ein Trio des Bösen: Lew als Ehebrecher, Klara als Ehezerstörerin und Saskia, die aus niederen Beweggründen die beiden bei der Ehefrau Marie verrät.«

Die Journalistin stieß ein dünnes Lachen aus.

»Ein Trio des Bösen? Was Saskia macht, ist zweifellos böse, ihre Motivation ist es, Lew und Klara zu schaden. Nun kann ein Denunziant sein Denunziantenwesen nur ertragen, indem er sich seinen Verrat schönmalt, er sei nützlich, ob dem Staat oder dem Einzelnen. Sie überzeugt sich selbst davon, Lews Frau helfen zu wollen, indem sie ihr die Augen öffnet. Als Frau, die sich mit einer anderen Frau solidarisiert. Lew und Klara haben sich geliebt. Was hat es mit Bosheit zu tun? Lew betrügt seine Frau und macht sie unglücklich, ja. Ein Verhalten, das ein Christ als sündhaft und schlecht verurteilen kann. Jedoch ist für mich nur derjenige böse, der sich am Unglück eines anderen labt. Das ist aber nicht der Fall. Weder bei Lew noch bei Klara.«

Ich hatte ausgetrunken.

Über Irland funkelten die Sterne. Ich war alt und jung, hier und dort. Vergaß die Steine unter der Schaummatratze, spürte nur den Geruch von Ludo in der Dunkelheit, seinen Mund an meiner Vulva, seine Hände unter meinem Po, er hob mich, wir drehten uns, ich lag auf ihm, lag auf seinen Schenkeln, lutschte an seinen Brustwarzen, roch an seinem Hals, erfuhr die Feuchtigkeit und den Stoß seines Schwanzes, den Druck, das Ziehen und Loslassen in meiner Vagina, und, verehrte Kritikerin, nein, nein, ich dachte keine Minute an Ludos Frau, ich jauchzte und schrie vor Lust und Wonne.

»Ich sehe, dass Sie Liebenden zugeneigt sind, egal welche seelischen Verwüstungen sie bei anderen anstellen.«

Hatte sie gerade »sie« oder »Sie« gesagt?

»Liebe Charlotte, diese Stelle hier können Sie vielleicht noch vorlesen. Schön laut und deutlich, wenn es geht. Schauen Sie, das ist nicht sehr lang.« Sie legte ihren Zeigefinger auf die erwünschte Stelle, ihr Nagellack war leicht abgewetzt. Und ich las laut und deutlich, aber ohne Überzeugung.

»Saskia war weg. Marie stellte die zwei Kaffeetassen in die Spüle zurück, legte die unberührte Schachtel Plätzchen wieder in den Schrank. Sie hatte sie ungeöffnet angeboten, hätte sie schon aus Höflichkeit aufreißen müssen, aber allein das Gesicht und die ersten Worte von Lews Kollegin hatten sie gelähmt. ›Ich werde Ihnen etwas sagen, das sehr unangenehm ist, Marie, ich denke

aber, Sie sollen es erfahren.‹ Die Frau hatte dann ihre Brille mit einem Zipfel ihrer Jacke geputzt, sie wieder aufgesetzt, ein paar Sekunden verstreichen lassen, während derer Marie plötzlich starke Bauchschmerzen verspürte und zwei Dinge gleichzeitig dachte, nämlich: sie bekomme ihre Tage, und: die Frau bringt Kummer mit. Dann hatte Lews Kollegin weitergeredet. Sie saß aufrecht, war größer als Marie, schaute durch die geputzten Brillengläser zu ihr herunter, aber direkt in die Augen, eine Art, ihre Entschiedenheit zu demonstrieren, ich stehe dazu, sagte ihr Blick, dass ich den Schuft verrate, der dich betrügt, ich tue das Notwendigste, etwas, das jemand Ehrenhaftes tun sollte. Marie war es peinlich, dass sie nur einen Schlafrock über ihrem Nachthemd trug, sie machte immer das Frühstück für Lew und die Kinder, bevor sie duschte, trank erst noch allein eine Tasse Kaffee. Ein gemütlicher Augenblick. Heute hatte sie sogar begonnen staubzusaugen, bevor sie ins Bad gehen wollte. Die Frau dachte sicher, diese schlampigen Französinnen können sich nicht mal ordentlich anziehen vor dem Frühstück. Möglich, dass sie sogar ein wenig Verständnis für Lew verspürt hatte, der diese ungepflegte Frau betrog. Beim Anblick von Saskia war Marie das Wort ›Unglücksbotin‹ eingefallen, weil sie dieses Wort vor kurzem im Maskulinum gelesen und Lew nach der weiblichen Form gefragt hatte. Vor dieser Unglücksbotin hatte sie sich sofort gefürchtet. Eine Frustrierte, fad und freudlos, diese Saskia. Eine Giftspritze. Marie hatte doch geahnt, ach, sofort gewusst, welches Gift ihr gleich eingespritzt würde. Sie hatte trotzdem eine Schachtel Plätzchen hervorgeholt und eine Tasse Kaffee angeboten, ein Fehler. Nach dem Gespräch, genau genommen war es kein Gespräch, nur Saskia hatte sich geäußert, hatte sie diese Frau zur Tür begleitet und sie ohne ein weiteres Wort entlassen.

Dann war sie auf die Toilette gegangen. Nein, sie hatte ihre Periode nicht bekommen. Schade.

Sie spülte die Tassen, sah sich um. Die Einbauküche, weiß mit diskreten, türkisen Platten. Ein selbst gebastelter Fotokalender. Kinderzeichnungen. Trotzdem wirkte die Küche kalt.

Sie ging ins Wohnzimmer, auch das Wohnzimmer wirkte zu leer, öde. Auf dem Teppich lag der Staubsauger, dessen Saugrohr mit Staub und Krümelchen vollgestopft war. Sie hatte ihn gerade ausgemacht und das Rohr abgeschraubt, um nach der Verstopfung zu schauen, als es klingelte. Wahrscheinlich hatte sie die Klingel deshalb überhaupt nur hören können.

Sie ging in das Kinderzimmer. Gewöhnliches Kinderzimmer. Etagenbett, Unordnung, Spielzeug überall, zu viel Kram, Klamotten, Stifte, Bilderbücher, die Mädchen besitzen viel zu viele Sachen. Sie müsste aufräumen, sortieren, verschenken. Dann ging sie in Lews Arbeitszimmer, der Schreibtisch mit Heften und Büchern und Mappen zugedeckt. Die Schubladen nicht abgeschlossen. Fotos von den Kindern, ein hübsches Aquarell von Marie, die eine Zeit lang Malkurse an der VHS gebucht und während eines noch kinderfreien Urlaubs diese Berglandschaft gemalt hatte. Elternschlafzimmer, banal, in einer Ecke stand die Gitarre, die sie seit Jahren nicht mehr angerührt hat, schade. Sie hatte Lew bei einer Fete von gemeinsamen Freunden kennengelernt, sie stand im Mittelpunkt dieser Gesellschaft, weil sie alle mit ihrem leichten Gesang begeistert hatte. Beide Federbetten hingen wie fette, pelzige Zungen über dem Fußteil des Bettes und entblößten die Mulden ihrer Hintern im Laken. Die Unglücksbotin war früh gekommen, sie unterrichtete erst zur zweiten Stunde. Was kann eine Denunziantin unterrichten, mit welchem Schadstoff infizierte diese toxische Frau die Kinder, in welchem Fach hatte sie ihre Bosheit untergebracht? Na ja, auf jeden Fall kannte sie Lews Stundenplan, der hatte dienstags die erste Stunde, brachte vorher die Kinder in den Kindergarten. Die Wohnung lag in der siebten Etage eines achtzehngeschossigen Hochhauses, sehr hell, ein großer Balkon. Jede Wohnung wie eine Wabenzelle. Marie war die Biene, die fleißige Biene, die flotte Biene. Sie hatte Zeit, nachzudenken. Die Kinder waren bis mittags im Kindergarten. Sie drehte noch eine Runde, angefangen mit der Küche, endend mit dem Balkon, mehrmals von der Küche zum Balkon. Sie hätte schon längst die Balkonkästen mit Blumen auffüllen müssen. Gut riechende Blumen.«

Ich sprach die letzte Silbe aus, den Punkt seufzte ich. Frau Sittich lächelte, ich hätte da einen wichtigen Auszug vorgelesen, gut vorgelesen, laut und deutlich genug vorgelesen, womöglich sei der Auszug doch zu lang für die Sendung, man habe jetzt schon viel Material und sie werde eine Auswahl treffen müssen, interessant sei für den Leser aber zu erfahren, warum die französische Autorin aus der Protagonistin Marie ebenfalls eine Französin gemacht habe. Hatte ich beabsichtigt, einen Spiegeleffekt herzustellen, ein Vexierspiel, eine falsche Fährte zu setzen? Bis zu dieser Stelle habe sie gedacht, dass die Autorin sich mit der wichtigsten Protagonistin der Geschichte, der Schulleiterin Klara, identifiziere, es läge auf der Hand, wegen der gewissen Reife der Protagonistin, ihres Geschmacks für gute Literatur. Ob sie, Charlotte, sich doch zu einer Art Verwandtschaft mit Marie und ihrer Einsamkeit beim deutschen Ehemann bekennen würde? »Sie waren auch schon mal verheiratet, *chère Madame.*«

Es überfiel mich die Lust, in den Aufzug zu steigen, hoch

in mein Zimmer zu gehen und mich im Bett zu verstecken, dort meine Irlandträumerei zu vertiefen. Aber ich war nüchtern genug, um zu wissen, dass das lange Interview dem Verkauf des Buchs helfen konnte, und beschwipst genug, um mir zu wünschen, dass ganz Deutschland, sogar die ganze Welt, meine Liebesgeschichte teilte. Autoren sind Prostituierte, dachte ich nicht zum ersten Mal, wir sind lauter Huren, und ich schluckte meine Wut hinunter. »Selbstverständlich«, sagte ich brav und starrte die falschen Zähne meiner Gesprächspartnerin an, »erkenne ich mich in beiden Frauen, jedoch in keiner ganz, beide haben Züge von mir, beide ähneln mir. Keine bin ich.« Uff.

Frau Sittichs Blick und ihr zu mir hingestrecktes Kinn verlangten eine stärkere Aussage. Ich fügte breit lächelnd hinzu (Frau Sittich sah während meiner Ausführungen auf meine eigenen falschen Zähne): »Diese Personen sind meine Kopfgeburten, zwangsläufig sind sie von mir geprägt, tragen Züge von mir, sogar der männliche Protagonist ist Teil von mir. In jedem Buch erfinde ich mich und Menschen, die mir nahe sind, neu, Frau Sittich.«

»Hm«, machte sie. »Kopfgeburten?«

»Es ist nur ein Bild, ich halte mich nicht für Zeus. Sehen Sie, meine Figuren sind die Steinchen, die der Däumling hinter sich wirft, um irgendwann nach Hause zu finden. Sie leben aber bald ihr eigenes Leben, sodass ich verloren gehe und von vorn beginnen muss, immer und immer wieder.«

»Was für ein schöner Vergleich«, schleimte die Journalistin, »aber vielleicht doch ein bisschen sophistisch? Sollte eine Frau wie Marie es nicht wie einen Missbrauch empfinden, dass ihr Mann sie wegen ihrer exotischen Herkunft erst geliebt und dann hatte fallen lassen, als er auf einmal ihres Akzents, ihrer Art und Weise, ihrer Mentalität überdrüssig wurde?«

Die Wolken, die sich draußen anhäuften, waren trotz geschlossener Fenster in die Lobby eingedrungen. Ich atmete durch und klammerte mich an die Barke des erschrockenen Fischers auf dem Ölgemälde, die Frage schien in der plötzlichen Dunkelheit zu schweben, ich konnte sie nicht fangen, auch wenn die fiebrigen Augen der Journalistin mich lotsten, so gierig auf eine Erklärung. War diese Frau überhaupt Literaturkritikerin? Ihre Fragen bezogen sich ab und zu auf mein Buch, stets aber extrahierte sie eine allgemeingültige Frage, eine Weisheit suchend oder bloß eine auf jedes Liebesleben übertragbare Wahrheit. Mein Verdacht, Frau Sittich wolle etwas für sich lernen, erhärtete sich. Und der Ausdruck »exotische Herkunft« führte mich zu einer neuen Spur: Vielleicht liebte ihr Mann eine Ausländerin, und sie hoffte, dass die Anziehungskraft des »Exotischen« bald nachließ.

»Das Wort Missbrauch finde ich hier stark überzogen«, sagte ich schließlich. »Sicher war Lew von Maries Herkunft verzaubert. Viele Leute sehen ihre wahre Heimat nicht zu Hause, sondern im Ausland. Der eine verliebt sich in Frankreich, der andere in Italien oder Norwegen. Diese Menschen spüren eine Art Verwandtschaft zu einem anderen Land.«

»Aha. Also haben Sie ähnliche Erfahrungen gemacht wie Marie. Sie haben am eigenen Leib erfahren, dass Sie nicht für sich selbst geliebt wurden, sondern für diese andersartige Aura, die Sie ausstrahlen, auch Sie wurden zur Fleischwerdung eines fremden Traumes, womöglich zu Folklore.«

Der naive Triumph in ihrer Stimme brachte mich fast zum Lachen.

»Sprechen wir noch immer über Marie? Ja? Sie irren sich. Es stimmt nicht, dass Lew sich in Klara verliebt, weil er die Französin satthat, sondern weil Marie eben dem Bild der echten Französin nicht mehr entspricht. Unter anderem. Sie hat eine Wandlung durchgemacht. Das Familiendasein, das Leben in Deutschland hat die junge Frau umgemodelt. Die Französin hat die Sprache ihres Mannes gelernt, sie hat bestimmte Codes des deutschen Gesellschaftslebens verinnerlicht, die leidenschaftliche Französin ist eine deutsche Familienmutter geworden, eine Ehefrau, die abends erschöpft ins Bett fällt, wir haben schon darüber gesprochen. Jeder verbiegt sich, macht eine Wandlung durch, jeder muss seine Erwartungen zurückschrauben und Kompromisse schließen, ein Migrant noch stärker als ein hier Geborener.«

»Wenn alles vom ersten Bild abhängt, das man sich von einem Menschen macht, und wenn eine Beziehung dann deshalb auch noch scheitert, dann kann man sich fragen, ob man überhaupt jemanden um seiner selbst willen lieben kann«, sagte Frau Sittich, die zum ersten Mal so müde aussah wie ich und dadurch etwas Sympathie zurückgewann.

»Was bedeutet dieses ›jemanden *um seiner selbst willen*‹ lieben? Kann man in ein Wesen so tief hineintauchen, dass man seinen unveränderlichen Kern entdeckt? Gibt es überhaupt einen unveränderlichen Kern? Bleibt nicht jeder von uns eine Terra incognita? Scheitert eine Ehe, ein Verhältnis, nicht auch daran, dass man irrtümlicherweise glaubt, den anderen ausreichend erforscht zu haben?«

Ich erhielt keine Antwort auf meine Fragen. Beide fielen wir in ein Schweigen. Ich strandete bei Ludo und versank in einer ganz unerwarteten, nostalgischen, erotischen Träumerei, während Frau Sittich sich ins Gemälde des Fischers und dessen Kindes im Sturm vertiefte, sie hatten existenziellere Probleme als wir. Die Gesichtszüge der Kritikerin verkrampften sich. Meinerseits genoss ich das Schweigen, hatte Mühe, mich von dem nackten Ludo zu verabschieden. Ich hatte mehr Fragen zum Aufbau und zum Stil des Romans erwartet, und so kam mir jetzt der Verdacht, der Kaskade-Preis diene doch mehr der öffentlichen Demontage eines mehr oder weniger autobiografischen Romans oder vielleicht gar der Demontage seiner Autorin. Ein Zitronenpreis. Frau Sittich schien allmählich aus ihrem Schlaf aufzuwachen, wandte ihren Blick wieder vom Gemälde. »Was mögen die Frauen eigentlich an Lew? Wir erfahren im Lauf des Buches, dass Klara nicht seine erste Geliebte ist. Wieso gelingt es ihm, diese Frauen zu verführen? Ich finde, das wird in Ihrem Text nicht ganz klar.«

»Ach. Die Frauen bewundern seine Schönheit, seine Kultur, seine verkorksten Gedanken, seine Sensibilität (doch, doch, er ist sensibel), seinen Humor, sie mögen, dass er sie zum Lachen bringt, sie öfter überrascht, Initiativen ergreift, zuhören kann. Sie fühlen sich durchschaut, aber auf eine liebevolle Weise, er fühlt sich in seine Partnerin gut hinein. Erträgt und teilt Klaras Melancholie, ohne dass er ihr Lamento als persönlichen Vorwurf empfindet oder als Infragestellung seiner Person interpretiert. Ich denke, meine Leserinnen können das nachvollziehen.«

»Ein idealer Mann also«, sagte Frau Sittich, und ich sah, dass Ironie und Zorn in ihren Augen lagen.

»Im Grunde liebt man jemanden eher für seine Schwächen als für seine Tugenden«, sagte ich, »man tröstet ihn, verzeiht ihm großzügig, so macht man sich wichtig und unentbehrlich.

Die Schwäche von Lew ist seine Unentschlossenheit. Er liebt Klara, wünscht sich ein intensiveres Liebesleben, liebt seine Frau aber ebenso, und er will die Familie nicht verlassen. Die banalste Zwickmühle unserer christlich geprägten Moralvorstellungen. Aber, Frau Sittich, wonach meine Protagonistinnen vor allem lechzen, wonach auch Lew lechzt, ist das Verständnis, die Bewunderung, das Begehren des anderen. Klara wie Marie sagen: Du liebst mich so, wie ich bin. Sie wissen aber nicht, wie und was sie sind und wen und was Lew in ihnen sieht. Sie werden, glauben sie, mit allen unbekannten Variablen ihrer persönlichen Eigenschaften angenommen und geliebt und fühlen sich aufgehoben. Was wir fühlen, ist, dass *in der Liebe* unser irdisches Exil aufhört, die Liebe schafft einen Ort, der gar nichts mit unserem Wohnort oder Geburtsort zu tun hat.«

Ich hatte das Wort »Liebe«, den Satz »Ich liebe dich« zu oft strapaziert, während Ludo diese Wortkette aufschloss in verschiedene Aussagen. Die beste Möglichkeit, die Liebe zu töten, sagte er – er ließ dabei wie so oft seine Finger knacken, eine Eigenart, die ich verabscheute –, sei, das Wort als Tonleiter zu trällern wie eine melodramatische Operette. Ludo selbst hatte das Wort »Liebe« und das Bekenntnis »Ich liebe dich« selten ausgesprochen, mehr als Zugeständnis, wenn er spürte, dass ich in den vielen Umleitungen seiner Liebesschwüre den direkten Weg gerade dringend brauchte. Er tauchte lieber in die Mäander der eigenen Liebessprache, er sagte: Ich bin dir zugehörig, zugeneigt, zugetan. Oder plötzlich auf Französisch »*Je t'adore*« (für ihn weniger abgedroschen, für mich trivial, denn der Franzose »*adore*« auch die Schokolade oder sonst was). Er ging gern ins Detail und mochte Aufzählungen: Ich mag deine Brüste, deinen Mund, deine Lippen, ich mag deinen Geruch, deine sanfte Haut, ich mag unsere Gespräche. Die gelungenen Umschreibungen seiner Gefühle wühlten mich auf: Ich bin stets bei dir, ich schlafe in dir ein und wache in dir auf. Du schwirrst unentwegt in meinem Kopf herum, strömst durch meine Blutbahnen. Wenn ich an dich denke, fühlt es sich gut an. Rund, richtig, warm, vollständig. Du, meine. Ich, deiner.

Doch ich war nie sicher, dass er »meiner« war.

Frau Sittich wirkte angespannt. »Den Ort, den die Liebe erschafft«, sagte sie, »jede Sexbombe kann ihn zerstören.« Mein Verdacht, dass Frau Sittich viele Katastrophen in ihrem amourösen Leben hatte überwinden müssen, verfestigte sich.

Mit ihrer Moderatorinnenstimme fasste sie weiter die Handlung des Romans zusammen, auf die Gefahr hin, zu viel zu verraten, die Spannung wegzunehmen. Die Hörer der Sendung würden das Buch nicht kaufen, weil sie ja schon so viel wussten. »Die kluge Marie springt nicht vom Balkon, sie wird Lew konfrontieren mit dem, was sie von Saskia erfahren hat. Die beiden diskutieren, streiten wochenlang, monatelang, Lew behauptet, sich von Klara trennen zu wollen, schafft es nicht. Schließlich beschließt Marie, dass Lew und sie sich in den großen Ferien eine Denkpause ›gönnen‹ und danach eine definitive Entscheidung treffen werden. Marie wird die Ferien mit den Kindern bei ihren Eltern in Frankreich verbringen. Lew soll in der Zeit allein bleiben und sich über seine Gefühle klar werden.«

»Ja.«

»Charlotte, mir war sofort klar: Lew wird natürlich nicht allein bleiben. Er wird mit Klara nach Irland fahren.«

»Ja. Und?«

»Sie haben Erinnerungen an eine eigene Reise in Connemara, eine Region, die eine schöne Kulisse für eine dramatische Liebesgeschichte abgibt …«

Die Bilder von meiner Fahrradtour mit Ludo folgten aufeinander mit einem Klack, wie die Dias, die man früher an die Wand projizierte. Egal, was danach passierte, Irland blieb für mich eine Insel der Wonne. Ein Sommer in den achtziger Jahren, der zweite und letzte Sommer, den wir zusammen verbracht haben. Kühe, die auf mageren Feldern grasten, eine kleine Steinbrücke über einen Bach, verlassene Häuser, Schafherden an der Straße, Torffelder und Heidekraut, dunkle Kneipen, dunkles Bier, das Meer, immer wieder das Meer. Die banalen Vorstadtlandschaften bei Dublin. Ich war gierig nach Glück und Bedeutung, wollte auch das Unbedeutende deuten, begeisterte mich für blumige Hecken und bescheidene Häuser. Diese ungefähren Landschaften waren für mich so notwendig wie das Vorspiel beim Liebesakt. Wir fuhren raus, und es gab zwei unterschiedliche Arten von Landstrichen. In beiden fühlte ich mich zu Hause. Die grünen Mulden zwischen Hügeln, die Nester, kleine Straßen zwischen Ecken und Steinmauern, dann das Weite, das Unendliche, die grenzenlosen Ebenen unter dem bewegten Himmel, der Horizont, die Küste, das Meer. In Connemara erlebt man ständig beides. Ich roch den Geruch des Torfes und der Gräser. Die Krähen und Raben gaben dem schönsten Stückchen Land einen flatterigen, sinistren Schatten, verhinderten, dass man sich wirklich in einer

Postkarte wiederfand, in einem Satz aus einem Reiseprospekt, in »malerischer«, »wildromantischer«, »atemberaubender«, »unwiderstehlicher« Natur. Man radelte durch ein Land, dessen Kargheit einen rührte. Wir wurden oft von Hausbesitzern eingeladen, die ihre Gärten und Wiesen für unser Zelt öffneten und uns Tee und Kuchen anboten. Ihr Zuhause war einfach, manchmal nicht ganz sauber, nichts entsprach einem Plan, einem ausgewählten Stil, einer Vision oder einem Katalog von Inneneinrichtungen. Uns gefiel, wie das Leben hier Dinge angehäuft hatte, aus Zufall oder Notwendigkeit, da wohnten oft drei Generationen miteinander, anscheinend blieben die Alten bei ihren Kindern wohnen und ärgerten sie bis zum bitteren Ende. Wir waren weit weg von allem, von Deutschland, von unseren Bekannten und von unserem Leben, und weil unser eigentliches Leben uns hier fremd vorkam, wurde diese neue Umgebung zu unserer Umgebung, sie gehörte nur uns beiden, Irland war unser Irland, unser Land. An einem Abend klopften wir an die Tür eines Mannes, er öffnete uns, er war alt, er schwankte. Angetrunken war der Herr und erzählte uns eine Geschichte von anderen Campern, die im vorigen Jahr an seine Tür geklopft hätten, bevor er uns zu einem steinigen Gelände führte, wo wir zelten konnten, wo wir uns umarmen konnten, und mir war so, als wäre dieser alte Mann nicht real und irrte seit hundert Jahren und für die Ewigkeit hier herum und empfing verliebte Camper, Geliebte im Exil, denen er erzählte, dass er im vorigen Jahr …

»Es gibt«, sagte Frau Sittich, »in dem Irland-Teil eine Stelle, die ich sehr gelungen finde. Wenn ich darf, lese ich jetzt selbst einen kleinen Auszug vor. Klara und Lew sind irgendwo in Connemara, der Tag neigt sich, das Zelt ist aufgebaut, sie sind beide müde und beglückt. So. Ich hab's. *Du standest mit deinem Fotoapparat auf der kleinen Brücke und wolltest das Wasser festhalten, in das sich wirre Gräser neigten, ein Fluss, der höchstens einen Meter unterhalb deiner Füße strudelte. Als du das Foto geknipst hattest und den Blick hobst, wurde dir schwindelig. Im Himmel wirbelten die Wolken. Beinahe wärst du ins Wasser gefallen, wenn Lew es nicht bemerkt und nicht nach dir gegriffen, dich nicht festgehalten hätte. Dabei ließest du vor Schreck deine Kamera ins Wasser fallen.* So verliert Klara all ihre Fotos dieser Reise und kann nur ihre Erinnerungen bewahren. Hier wanken die Liebenden, bald werden sie sich trennen, von dieser Reise wird kein Beweis existieren, höchstens Spuren in den Köpfen, man fragt sich am Ende, ob diese Reise überhaupt stattgefunden hat.«

Ich aber wusste, dass diese Reise stattgefunden hatte, dass sie kein Produkt meiner Fantasie war, dass ihre Bilder in mir eingestanzt waren, mit oder ohne Fotos. Und damals auf dieser kleinen Brücke, als sich der Himmel drehte, meine Kamera fiel und ich von dem lachenden Freund aufgefangen wurde, mich an ihn lehnte, meinen soliden Baum (dachte ich), wusste ich, wie dringend ich seinen festen Halt brauchte und dass, falls er mich losließe, die Landung hart werden würde.

Wie Klara habe ich keine Fotos. Im Gedächtnis vermischen sich die Orte, drehen Pirouetten und wandeln sich. Doch weiß ich noch, wie wir mit unseren Rädern zwischen Kühen, Pferden, Schafen entlangfuhren, Hügel hinauf und hinab, dann ein Fluss, dann der Blick über das Meer. Jedes Mal dieselbe Verblüffung, dieselbe Bewunderung. Wir radelten täglich, tranken an Schwengelpumpen, aßen in verrauchten Pubs, wo Männer ihre Lieder sangen. Ich mochte die Verheißung der Abfahrt, jeden Morgen aufs Neue, ich mochte den Augenblick, wenn wir Zelt und Proviant auf den Fahrrädern befestigten, die kurzen Pausen, in denen ich an Lews Brust verschnaufte, seinen Schweiß roch, wenn wir uns die Trinkflasche reichten. Manchmal entmutigte mich seine Kondition, er fuhr immer voran, ich musste folgen, hielt nur mit Schwierigkeiten den Rhythmus, tröstete mich mit der Ansicht seines Rückens, seiner Schultern, seines flatternden schwarzen Haars. Niemals würde ich seinen Nacken mit einem anderen verwechseln, so sehr rührte mich die weiße Haut zwischen den schwarzen Strähnen. Wenn das Meer erreichbar war, tauchten wir ins eiskalte Wasser, um uns vom Staub der Wege zu reinigen, um salzig, aber sauber aufzutauchen. Wir beobachteten die Quallen, die sich durchsichtig zwischen die Felsen treiben ließen. Wir liebten uns draußen. Eng umschlungen wie Zwillinge im Mutterleib, unsere Beine umeinander, ein System, ein kleiner Planet auf dem großen. Moos, Gräser, Erde tätowierten uns den Rücken. Ich liebte den Körper von Ludo immer mehr. Eine Sonne, die mich nicht versengte, eine Erde, die mich nicht begrub.

In einem Dorf öffnete uns eine alte Dame ihren Garten und bat den Herrn, uns seinen Segen zu erteilen. Wir aßen Bohnen aus der Dose und schauten in den Sonnenuntergang. An einem anderen Abend erreichten wir eine kleine Brücke. Ich schaute hinab, höchstens einen Meter unterhalb meiner Füße sprudelte ein Flüsschen entlang. Das Flüsschen und die Brücke habe ich mir festgeschrieben.

Die Journalistin kaute energisch. Ein Tropfen Spucke perlte auf ihrer Unterlippe. Mir war übel. Ich hätte wirklich gern darum gebeten, das Interview zu beenden, aber ich schaffte es nicht. Ich fragte sie nur, ob wir eine Pause einlegen könnten. Ich musste raus.

Die Journalistin rang sich ein Lächeln ab und sagte, es sei in Ordnung, aber bitte nicht zu lange, die Zeit laufe uns davon. Außerdem scheine das Wetter sich zu verschlechtern. Es würde sie wundern, wenn nicht bald ein Sturm losbräche. Wir einigten uns auf eine Viertelstunde. Es schien sie zu enttäuschen, dass ich allein an die frische Luft wollte. Als ich draußen vor dem Hotel war und über die Straße ging, drehte ich mich noch einmal um und sah, wie Frau Sittich allein vor dem Eingang stand. Fast tat sie mir leid. Das Hotel lag an einer Promenadenstraße, direkt hinter ihr begann der Sandstrand. Ich eilte hinüber. Meine plötzliche Freiheit erinnerte mich an alle Situationen meines Lebens, in denen ich aus einer Gefangenschaft hatte entfliehen können; aus der Schule, aus dem Elternhaus, aus einer langweiligen Gesellschaft, aus dem Krankenhaus nach einem Autounfall, als ich meine ersten Schritte allein machte. Ohne Hilfe. Triumphierend. Fliehen ist Leben, sagte Ludo.

Wozu redete ich mir den Mund fusselig? Ich bin keine gute Rednerin, das Wort, das meine französische Zunge loslässt, landet meist knapp neben dem Ziel. Der Gesprächspartner hebt es auf, steckt es sich in die Tasche, ich hinke hinterher, zu spät, es ergeben sich Phrasen, zu denen ich mich drei Minuten später nicht mehr bekennen würde und die ich lange nach einem Interview dann in einer Zeitschrift wiedertreffe. Meine Geschichte mit Ludo hatte ich in der Schablone einer Fiktion festgehalten. Ein Büchlein, ach Gott, nicht so ernst zu nehmen. Bei diesem Interview aber entglitt mir die Geschichte immer mehr. Lew verschwand hinter Ludo. Er konnte ihm das Wasser nicht reichen. Und auch die arme Schuldirektorin entbehrte meine fröhlichen Nächte mit Ludo, sie hatte meinen Kummer, meine Zweifel, meine Sehnsucht, meine Verzweiflung, meine Todessehnsucht geerbt, ich hatte sie am Ende des *Roman d'amour* beinahe ertränkt, aber ich war nach fünfundzwanzig Jahren nicht in der Lage gewesen, ihr das Begehren und die Lebenslust von Charlotte, von mir selbst einzuschreiben. Lew war zu brav, Klara zu sentimental. Ich musste von vorn beginnen. Und, ich gebe es zu: Die Frau Sittich zog mich an.

Ihre launenhafte und auch verbissene Art hatte in mir den Wunsch geweckt, noch einmal auf meine wahre Geschichte einzugehen, um sie selbst besser zu begreifen, sie noch einmal zu erleben. Es ging mir also kaum noch um den Verkauf des Buches oder um das Buch selbst. Nein, ich sehnte mich nach einer letzten imaginären Umarmung. Ich wollte mich umdrehen, Ludo küssen, ihn eng bei mir spüren wie früher, auch wenn es wehtat. Dies erlaubte mir die unprofessionelle Frau Sittich.

Vor mir das Wattenmeer. Eine atmende Unendlichkeit. Glucksende Dellen, sandige Rollen, goldene Gestade. Ich wollte sie anfassen, streicheln, mich dazulegen. Am Meer lernt man am besten, dass man die Welt nicht halten kann, nichts kann man halten, nichts, nichts, nichts. Meine Zehen sanken in die Nässe. Sie krallten sich über eine winzige Muschel. Es war eine beißende Kälte, die in mich kroch, die das Gesagte und Gedachte erzittern und gefrieren ließ. Meine Geschichte rollte sich zu einem festen Kern zusammen, der mein Wesen war.

Der Wind wurde heftiger. Der Himmel zog sich zu. Ich sammelte Strümpfe und Schuhe auf und lief zurück, den Strand hoch zur Promenade, barfuß über die Straße ins Hotel.

Bei einem Halt in einem Dorf verschwand Ludo in einer Telefonkabine und bat mich, einen Augenblick in der Nähe zu warten. Er machte sich Sorgen um seine Frau. Ich wartete an einer Bushaltestelle und unterhielt mich in meinem gebrochenen Englisch mit einer ganz in Schwarz gekleideten Frau. Sie erzählte, dass ihr Mann vor kurzem gestorben sei, ein sehr kranker und gewalttätiger Mensch. Er habe ihr acht Kinder beschert, und Gott möge verzeihen, dass sie sich anmaße, drei Monate nach seinem Tod Unschönes von ihm zu berichten, aber ohne ihn sei alles viel erträglicher. Sie und ihre Kinder könnten aufatmen, und der arme Teufel habe seinen Frieden gefunden. Sie sprach lebhaft und unterbrach sich, als eine weitere Frau dazukam, die sie grüßte. Vielleicht hatte sie ihre Erleichterung über den Tod ihres Mannes schon lange jemandem beichten wollen, jemandem, der dieses Land bald verlassen und ihre vertraulichen Mitteilungen übers Meer mitnehmen würde. Möglich auch, dass ich sie missverstanden hatte, dass ich ihre Worte zermahlen und verwandelt hatte durch meinen Wunsch, Ludo sei frei und nur mir zugewandt. Als er aus der Kabine trat, verschwitzt und rot im Gesicht, machte er einen verstörten Eindruck, und ich traute mich nicht, ihn zu fragen, wie es seiner Frau ging. Und auch er schaute an mir vorbei und blieb stumm. Erst am Abend erzählte er, was passiert war.

Frau Sittich stand noch immer vor dem Hotel und erwartete mich dort. Sie war verstört von meinen nassen Füßen und dem Sand, und so ging ich gar nicht hoch auf mein Zimmer und duschte sie ab, sondern setzte mich einfach mit den schmutzigen Füßen in die Lobby, warf Schuhe und Strümpfe neben mich auf den Boden. Während die Journalistin sprach, rieb ich mir den Sand zwischen den Zehen ab.

»Während dieses schwierigen Schuljahrs«, fuhr sie fort, als hätte es überhaupt keine Unterbrechung gegeben, »schreiben sich die beiden Zettel und Briefe. Vor allem Klara schreibt, wie ich finde, richtige Schriftstellerinnenbriefe. Wunderschöne, sinnliche Briefe, die sie Lew zwischen Tür und Angel zusteckt oder in sein Schulfach legt. Ich will nicht indiskret sein, aber haben Sie diese Texte für diesen Roman verfasst, oder stammen sie aus Ihrem privaten Archiv? Sie klingen so echt.«

Jetzt fiel ich der Journalistin ins Wort. Nein, ich griff mir ihr Aufnahmegerät und fummelte daran herum, bis ich die Stopptaste gefunden hatte. Dann fasste ich mein Haar und band es zu einem strengen Knoten zusammen, fauchte, dass wir doch von Klara sprechen möchten, nicht von mir (verdammte Scheiße), und artikulierte jede Silbe so, dass mein Kinn vor Anspannung zitterte. Die Journalistin ließ sich von meinem Zorn und meiner Nervosität gar nicht beeindrucken. Sie lächelte freundlich.

»Aber, aber, Madame, die Reise durch Irland, diese starken Briefe, Ihre offene Art, über die Liebe zu sprechen, es klingt alles so wahrhaftig, da meint man zu spüren, dass eigene Erfahrungen dahinterstecken. Darf ich das denn gar nicht ansprechen?« (Sie tunkte jeden Satz in Honig.) »Autofiktion steht doch hoch im Kurs in diesen Tagen, und schließlich vergewissert sich auf eine Art doch jeder Schriftsteller schreibend seiner eigenen Existenz, oder nicht? So oder so.« Sie nahm ihr Aufnahmegerät wieder zu sich. »Schreiben als Forschungsreise in das Ich …«, sagte Frau Sittich und drückte wieder auf »Aufnahme«.

Ich wusste nicht, was ich darauf nun noch erwidern sollte. Es war einer dieser Augenblicke, in denen ich tief bereute, nicht Musikerin geworden zu sein. Ein Musiker kann ebenfalls aus den tiefsten und dunkelsten Regionen seiner Seele komponieren, auch er kann in seinen Melodien die Dramen seiner Kindheit, seiner gescheiterten Liebschaften oder seiner schrägen Sehnsucht nach einem gerechten Gott transportieren. Wer aber fragt schon einen Komponisten, ob seine Musik autobiografisch ist?

»Die wunderschönen, sinnlichen Briefe«, sagte ich trocken, »sind für diesen Roman verfasst worden. Was möchten Sie eigentlich erfahren, Frau Sittich? Lew und Klara sehen sich zwar in der Schule, müssen sich dort aber distanziert verhalten, Gedanken, Zärtlichkeiten, Verabredungen, dies alles sucht sich eben schriftlich seinen Weg.«

»Das ist plausibel«, sagte Frau Sittich, »diese Briefe sind sehr fein geschrieben, nur wirken sie in dem Roman wie ein Fremdkörper, leicht aufgepfropft.«

»Aufgepfropft?« Es war mir peinlich, dass ich dazu aufgefordert war, mein eigenes Buch zu verteidigen, und es auch wirklich tat. »Die Briefe begleiten die Handlung, sind ein kleiner Briefroman innerhalb des Romans. Sie sind ein Echo auf das Innenleben meiner Protagonisten.« Ich hörte auf, ich schämte mich einfach zu sehr.

Mein Verhältnis mit Ludo ging nur vierzehn Monate. In dieser Zeit habe ich Romane begonnen, die ich nur zu einem Drittel schrieb, weil ich immer wieder einschlief am Schreibtisch. Erfundene Geschichten waren in jenen Monaten ein überflüssiges Konstrukt und Papierverschwendung. Alle Sätze zerbröckelten nach und nach. Ich gelangte jedes Mal in ein schwammiges Gelände, in dem die Figuren auf Stelzen aus Frage- und Ausrufezeichen herumirrten, sie hatten keine Seele. Der Text blieb mir fremd. Dann versuchte ich mich an einem Liebesroman. Es passe doch zu meinem Zustand, dachte ich. Auch den schrieb ich nicht zu Ende, da ich keine Vermummung ertragen konnte, jede Fiktion war Verkleidung, Maske und Verrat, meine Literatur erfüllte nicht die ersehnten Zwecke, tiefer ins Leben zu graben, die Alltagsverschleierungen zu lüften, die blanke Realität zu offenbaren, den Sinn des Unsinns zu entziffern, ich fand die wahren Worte nicht, höchstens schöne, geschickte, gestickte, also weg, weg, weg mit den Geschichten. So blieben mir nur die Briefe, Briefe, die ich an Ludo schrieb und ihm übergab, wenn wir uns trafen, denn seine Frau hätte die Post abfangen können. Ich schrieb seinen Vornamen nieder und las ihn, und allein dieser Vorname öffnete etwas in mir. Und ich staunte über diesen Widerspruch: Gerade meine Abhängigkeit von Ludo erzeugte in mir ein Freiheitsgefühl. Ich liebte und lebte wieder. Ja. Ich liebte erstmals nach vielen Jahren, erlebte ein Wunder, dem ich weiter nachgehen wollte, tänzelte über freies und wildes Gelände. Ich suchte schreibend nach einer verborgenen Wahrheit, welcher, wusste ich nicht, bildete Wort für Wort, Satz für Satz ein Netz, das die Liebe, das Staunen und die Freude einfing. Ich veröffentlichte nichts. Versuchte nur herauszufinden, was mit mir, mit uns passiert war, versuchte mich und meine Reaktionen, ihn und seine Reaktionen zu deuten, gab Meinungen kund, die uns zu einem Austausch anregen sollten, schrieb Annäherungen an das Thema Liebe nieder, von denen ich glaubte, dass sie nicht nur für mich wesentlich waren, sondern vielleicht für ihn und jeden Menschen. Sobald ich jedoch versuchte, meine Gefühle zu analysieren, machte ich nichts anderes, als Ursachen oder Auswirkungen aufzuzählen, die Liebe war nicht fassbar, ihre Schönheit, Wärme, ihr Humor, ihre Güte, Rücksicht, Energie, Lust, ihr Jubeln, ihr Gesang, ihr Licht. Was ich beschreiben konnte, waren Ludos Stimme, seine Fantasie, sein Talent, seine Intelligenz, sein Witz, sein Geruch, der Schwung seiner Lippen, das Spiel seiner Hände auf meiner Haut, das Brennen seines Mundes, unser Beischlaf, dies alles war aber nicht die Liebe, war nur ihr Träger und ihr Ausdruck, dies alles erklärte nichts.

Das Leben hatte jetzt drei Dimensionen: das unmittelbar Erlebte, die Erinnerung an das unmittelbar Erlebte, das Fantasierte. Was machte ich aus meinen Tagen? Sehnsüchtige Kritzeleien, Träume, Gedichtchen, Telefonate. Mein disziplinierter Alltag war dahin, meine Taten dünn und brüchig, mein Schriftstellerinnendasein gefährdet. Machte ich mich schuldig wie Ludo, der sich den Tod seiner Frau wünschte (er hatte den fürchterlichen Wunsch, Gott sei Dank, nicht mehr erwähnt, hoffentlich nicht mehr verspürt)? Verlor ich den Sinn für die Realität? Ich blätterte vor jedem Schlaf in meinen Erinnerungen an unsere Begegnungen, schlief in seinen erträumten Armen ein. Immer wieder die Gedanken: Ich kann das nicht lange verkraften, es soll aufhören, wir spielen verrückt, ich verliere den Kopf. Am nächsten Tag aber schwebte ich wieder, wollte dieses Schweben nicht aufgeben, auch wenn hundert unbeantwortete Fragen in mir lagen, sich auftürmten, brüllten, brannten. Ich wollte egoistisch sein, fraglos. Ich klammerte mich an Worte. Brief um Brief.

Nun, nicht nur die Schriftstellerin, sondern auch die Liebesbriefschreiberin musste ihre Ohnmacht feststellen, trotz ehrlichster Bemühungen griff sie nur auf ihren gewohnten Stil zurück, verschob Fakten und Gefühle zu weit ins Dramatische, rief eine schmeichelhafte Version von sich hervor, wollte keinen Eindruck schinden und tat es trotzdem, kupferte unbewusst die literarischen Liebesbriefe anderer ab.

Es gab sowieso keine Möglichkeit, zu einer Wahrheit zu gelangen, die für uns beide galt. Wenn ich Französisch schrieb, konnte er trotz seiner Kenntnisse meiner Muttersprache nicht jede Nuance begreifen, und wenn ich Deutsch schrieb, fand ich leider nicht immer den richtigen Ausdruck. Manchmal griff ich zur einfachsten Sprache, zur kindlichen Syntax, zu simplen Vokabeln, aus Angst davor, alles zu sehr auszuschmücken. Unsere Sprachen unterschieden sich, wie auch deren Rezeption: Als deutscher Intellektueller strebte er zu nüchternen wie auch zu verwinkelten Aussagen, ich neigte zu überbordenden, bildreichen Texten, ergoss mich ins Emotionale, pflegte jeden Liebesbrief wie meine Romane, strich, ersetzte, schnitt, bürstete, richtete mehrmals einen Satz zurecht, gab mich schlicht und schnörkellos, konnte dennoch selten das Romantische, das Leidenschaftliche eindämmen.

Wohl wissend um meine Ohnmacht habe ich innerhalb eines Jahres Unmengen von Briefen an Ludo verfasst, um ihn mir herbeizuschreiben. Ich gab sie ihm, und manchmal antwortete er ausführlich. Öfter schrieb er nur ein paar Zeilen, kleine Hoffnungsträger, zarte Knospen. Ach, ich hatte seine Knospen-Sätze so lieb.

Alle Liebenden zählen sich ihre gemeinsamen Züge und ähnlichen Erfahrungen auf, erdichten sich eine gemeinsame Legende, sind darum bemüht, sich als verschwisterte Seelen zu betrachten. Auch ich wollte eine gemeinsame Chiffre entdecken, musste aber zugeben, dass er anders fühlte, dass er ein anderer war. Die amourösen Sätze, die so zahlreich von mir zu ihm strömten, konnten in ihm lange ruhen, bevor ich sie einzeln und zu wenigen Worten gekürzt zurückbekam.

Er mochte meine nachdenklichen Briefe, immerhin, Nachdenken war sein Terrain, und auch wir freuten uns, wenn sich unsere Gedanken und Sichtweisen kreuzten und eine wahre Komplizenschaft erkennen ließen.

Meine Streitbriefe schockierten ihn. Ich schimpfte ihn als feige, wenn er ein Treffen absagte, warf ihm vor, dass er es sich bequem mache, wurde in Gedanken und Ausdruck ordinär. Er schmollte, ein Schmollen, das er ein Sichbesinnen nannte. Schnell pfiff ich mich selbst zurück, erinnerte mich daran, dass auch ich die Voraussetzungen unserer Beziehung mit unterschrieben hatte, und schon gewann ich meine Ungezwungenheit wieder, meine Heiterkeit, und wir lachten über unseren kleinen Konflikt. Nur bei ihm konnte ich zu dieser Leichtigkeit, zu meiner Jugend zurückfinden.

Ich fand den Liebessex erst mit ihm. Fünfundzwanzig Jahre danach kann ich nun schamlos von »Liebessex« sprechen, Frau Sittich, damals jedoch kam nur das Wort Liebe infrage. Ich ließ mich gern zu sinnlichen Träumereien hinreißen, liebkoste, leckte und küsste seinen schönen Körper schriftlich, bevor ich mich fieberheiß und wirklich bei ihm niederließ. Ja, nach all den gepinselten Formulierungen half nur die nackte Körpersprache, nach all den ausgesuchten Äußerungen half nur das Stammeln von primitiven Worten, das ewige Wiederholen von Liebesschwüren (je banaler, je echter), ins Ohr des Geliebten gesäuselt, und schließlich das Grunzen, der Orgasmus, seine Zunge in meinem Mund, in mir sein Geschlecht als stumme Bejahung, als Antwort auf Fragen, die ich gar nicht mehr stellte.

Er war ein erfinderischer und zärtlicher Liebhaber. Er schien das Parallelleben zu genießen, zu dem er sich entschieden hatte, und sagte mir öfter, als zählte er auf ein Wunder, als spekulierte er auf einen Rückfall und den Tod seiner Frau, dass sich irgendwas irgendwann ergeben würde. Sagte: Es wird sich eine Lösung finden. Wir haben Zeit, viel Zeit. Dieses Wort kam oft aus seinem Mund hervor: Zeit für uns beide, Zeit, um innig zusammen zu sein, Zeit für ein Leben, das uns gehören würde. Zeit, die wir bei unseren Treffen nicht mit Zweifeln, Vermutungen, Misstrauen vergeuden dürften. In seinem Mund hatte das Wort »Zeit« die Farbe eines Morgenhimmels, in meinem von Abenddämmerung.

»Ich verstehe«, sagte die Journalistin (sie verstand nichts, ich immer weniger). »Liebesbriefe haben einen einzigen und privilegierten Adressaten, ein Roman wendet sich jedoch an möglichst viele Leser. Lews und Klaras sehr persönliche Briefe sind natürlich für Ihre Leser bestimmt, gehören also allen. Könnte man sagen, dass die Autofiktion, wie Sie sie praktizieren, die Auflösung des Privaten ist, immer mehr zum Exhibitionismus wird?«

Ihre Wangen wurden dunkler (wir erröteten synchron), in

ihren grünen Augen flackerte ein bedrohliches Licht, ihren Lippenstift hatte sie inzwischen beinah vollständig abgeleckt, und es war nicht mehr viel von ihm zu sehen. Ich schwitzte. Das Hotel war überheizt oder ich krank. Ich wollte ihren Namen rufen, aber stand zu sehr unter Schock, als dass er mir noch eingefallen wäre. Wie hieß denn diese Person, es hatte etwas mit Anstand zu tun, mit Sittlichkeit. Ich stotterte etwas zusammen, dass doch eine erfahrene Literaturkritikerin wie sie (hatte sie überhaupt irgendwelche Erfahrungen?) zwischen einer literarischen Figur und einer Autorin unterscheiden müsse und dass es sich bei *Roman d'amour* nur vag und entfernt, wie ich es ihr vorher klargemacht habe, um eine Autofiktion handle. Sie leckte sich noch einmal über die Lippen und kicherte albern. Ich wischte mir das letzte Sandkorn von der Fußsohle und zog die Strümpfe wieder an.

»Ich bleibe bei meiner Meinung, liebe Charlotte«, fuhr sie fort, »ich denke, dass Klara Ihr wirkliches Alter Ego ist und dass Sie Marie nur das Französischsein mit auf den Weg gegeben haben. Würden Sie Ihre Romane als ein Stück Therapieliteratur sehen oder eher als eine künstlerische Form des Beichtstuhls?« Sie schniefte, fingerte ein gut gebügeltes Stofftaschentuch aus der Handtasche und entfaltete es langsam. Es zeigte eine rote Lippenstiftspur. Ich las die gestickte Initiale M. Sie hatte sich mir zu Beginn mit ganzem Namen vorgestellt, aber ich hatte den Vornamen vergessen. Marleen oder Margit. Oder Marie wie Lews Frau. Ich vertiefte mich wieder in das Seegemälde, fixierte das Schattenspiel der weißen Segel und versprach mir, den Namen des Malers zu erfragen, dem es so gut gelungen war, Wind, Bewegung und Furcht darzustellen. Frau Sittich, ja, Sittich, die Namen kommen zurück, wenn man sie nicht mehr sucht, hatte sich währenddessen die Nase trocken getupft.

»Weder noch«, sagte ich, »weder therapeutische Literatur noch Beichtstuhl. Welcher Schriftsteller ist sich der Quellen, der Ziele und der Funktion seiner Literatur hundertprozentig sicher? Es geht mir gar nicht darum, eine moralische Last loszuwerden oder von einer Verletzung zu genesen, meine eigene Literatur wird nur weiterbestehen, wenn ich unheilbar bin.« (Beidseitiges Glucksen.) »Sondern es geht mir darum, mit dem Material, über das ich verfüge, etwas Neues aufzubauen, für mich und andere, einen sinnvolleren, logischeren Lebenslauf herzustellen. Ich verbinde glänzende oder dunklere Punkte aus meinem Leben und aus dem Leben meiner Nächsten zu neuen Leben, erfinde neue Welten.«

»Oha, oha. Neue Welten also.«

»Es sind kleine Welten. Ich schreibe gegen das Absurde jedes einzelnen Schicksals und dessen Kurzlebigkeit, ich schreibe gegen die Beliebigkeit an. Und ja, verdammt, mit dem Material, über das ich verfüge. Am Sandstrand baut man eben Sandburgen aus Sand. Als ich klein war, war ich mal am Strand von Arcachon, meine Eltern machten dort mit meinen Geschwistern und mir Urlaub. Es gab dort einen Sandburgenwettbewerb. Die Jury kam und kürte die Baumeisterin oder den Baumeister der schönsten Burg mit einem Gutschein von der Eisdiele.«

Das mit dem Beichtstuhl hatte mich doch getroffen, und ich muss jetzt in meiner eigenen Irlandgeschichte vorgreifen, werde die entstehenden Lücken meiner Geschichte später ausfüllen. Als Kind ging ich auf eine ekelhafte Klosterschule, wegen der ich später aus der katholischen Kirche austrat. Es gab dort Nonnen, die die Schülerinnen mit Schandtafeln auf dem Rücken rumlaufen ließen und die die ihnen anvertrauten Waisenjungen, vaterlos im Krieg geboren, »Adolf« tauften. Dort habe ich meine ersten sexuellen und masochistischen Erfahrungen gemacht. Diese Institution prägte meinen Geist jedoch so sehr, dass ich fast ein halbes Jahrhundert später, an diesem verzweifelten Tag, als Ludo mich allein auf dem irischen Kieselstrand bei Dublin zurückließ, eine Kirche betrat.

Auf der Straße grölte eine Gruppe angetrunkener Touristen in Shorts, Familien schlenderten herum, Paare gingen Hand in Hand, ein Mann, der nicht Ludo war, ging mit einem vollgepackten Fahrrad an mir vorbei, brüllende Jugendliche erschreckten mich. Ich schleppte mich durch diese Menge, gegen jede Vernunft hoffend, ihn plötzlich auftauchen zu sehen, sein Verschwinden konnte einfach nicht möglich sein, er würde es sich anders überlegen. Er würde zurückkommen, er würde vor dem Flughafen noch umkehren. Ich brauchte nur wieder in das Hotel zu gehen. Ich fühlte mich schwach und erschöpft, brauchte Stille und suchte Zuflucht in einer Kirche.

Das Schiff der Kirche war hell, majestätisch und kühl. Ich saß mit verschränkten Armen auf einer Bank und weinte. Ein Priester ging an mir vorbei, blieb stehen und sah mich für einen Moment eindringlich an. Dann ging er weiter zu einem Beichtstuhl. Wie eine vom Blick eines Freiers taxierte Hure folgte ich ihm, stieg in den Beichtstuhl, kniete mich hin. Ich hörte das Knarren des Holzes, vernahm bald ein altes grauenhaftes Murmeln, betrübte Litaneien.

Es roch nach kleinen schmutzigen Geheimnissen. Es roch nach Leid und Scham. Nach Schweiß und Lügen. Es roch nach Sex und Abstinenz. Nach Geständnissen von Geizhälsen, Schlägern, Schlägerinnen, Dieben, Kinderschänder/innen, Ehebrecher/innen, Terroristen, Hassern. Der Geruch des Beichtstuhls ist weltweit gleich. Ich spürte schon Säuerliches in der Magengrube, als ich auf einmal das Öffnen des Gitterfensters hörte und das Husten des Priesters. Mein Herz stockte. Ich wollte noch schnell wieder abhauen und konnte mich doch nicht mehr bewegen. Festgesetzt wie die Frau im Zirkus, die der Messerwerfer mit spitzen Klingen umzäunt. Im Namen des Vaters und des Sohnes und des Heiligen Geistes. Es roch nach Knoblauch. Amen. Und ich sprach leise, aber gepresst, hechelte in fehlerhaftem Englisch, ich hätte schon lange keinen Beichtstuhl betreten und wüsste nicht mehr, wie man beichte, ich stotterte, dass ich eigentlich nicht beichten wolle und dass ich sowieso nicht an Gott glaube, aber aus irgendeinem Impuls hier hereingekommen sei. Ich machte eine Pause, und da der Priester weiter schwieg, fragte ich, ob ich vielleicht Französisch oder Deutsch reden könnte, mein Englisch, er habe es sicher festgestellt, sei miserabel. *You need consolation*, sagte er. Der Ton sympathisch, fast amüsiert, er hatte nichts mit der Stimme der Priester und Nonnen meiner Kindheit zu tun. Ich dachte, die Kirche habe sich gut entwickelt. Das Gesicht war durch die Gitter und bei dieser Dunkelheit schlecht zu sehen. *French or German is okay, keep talking to me.* Mein Vater (was für eine lachhafte Bezeichnung!), ich erzähle Ihnen meinen Kummer, weil ich sonst hier niemanden habe. Liebeskummer ist doch immer eine Sünde, oder? *Yes, keep talking to me.* Wer sich um die großen Tragödien der Welt sorgt, hat keine Muße, seine flüchtigen Gefühle zu verhätscheln, sagte ich, und im Selbstmitleid zu zergehen. Ich aber schere mich gar nicht um die großen Tragödien der Welt, und ich will mich nicht von Gott geliebt fühlen, sondern von einem Mann aus Fleisch und Blut. Dieser Mann hat mir das Licht ausgeknipst, ich sitze in der Dunkelheit. Er sagte, er könne sich nicht mehr im Spiegel ansehen, er könne kein freier Mensch werden, er habe lange gehofft, es sei möglich, habe immer den Eindruck gehabt, er nehme seiner Frau nichts weg, sie nörgle sowieso nur noch an ihm herum. *Please keep on talking.* Er schläft nicht mehr mit ihr. Es sei sein Recht, wenigstens ab und zu bei mir auszuatmen, meine Liebe zu genießen, aber jetzt stehe er vor dem Beweis, dass dieser Plan nicht funktioniere. Er habe immer die Vision seiner verlassenen Frau vor sich, er könne nicht mit dieser Furcht leben, dass sie sich etwas angetan haben könnte. Vielleicht will sie ihm diese Angst auch einflößen, reine Erpressung, aber … *Speak on.* Ich denke, er wird mich jetzt verlassen, aber ich brauche ihn, ich liebe ihn, ich will sein Gesicht zwischen meinen Händen spüren, seinen Atem einatmen, seine Schönheit bewundern, seine Haut riechen, seinen Schwanz in mir spüren. Ich will nicht ohne ihn weiterleben. Ich will nicht mehr leben.

Ich schwieg und hörte, wie der Pfarrer gähnte und noch beim Gähnen diese Worte weitermahlte: *Please, keep on talking.*

Dann war ein nagendes Geräusch zu hören. Der Pfarrer kratzte sich den Kopf. Er hatte sicher kein Wort verstanden.

I am leaving now, sagte ich und hatte Angst zu gehen. Danke für das Zuhören. *You should believe in His great love*, sagte der Pfarrer. Ich lachte, leicht hysterisch, auf jeden Fall freudlos, und ging, ohne auf eine Absolution zu warten. *You should believe in His great love*. Wie damals, bei meinem ersten Treffen mit Ludo, war ich unfähig, den Lachanfall zu stoppen, füllte mit dem Schluchzlachen die Kirche, in der es inzwischen ein bisschen dunkler geworden war. Eine alte Frau warf mir einen bösen Blick zu und kroch in den Beichtstuhl wie ein Hund in die Hütte. Es saß niemand mehr auf den Bänken. Vor der Kirche trocknete ich die Tränen. Entschlossen, zurück ins Hotel zu gehen. Vielleicht war ein Wunder passiert, vielleicht war er wieder da. *I should believe in His great love.* Vielleicht käme er mir sogar entgegen, wie oft, als ich mich auf unsere Rendezvous freute und doch fürchtete, er könne nicht kommen. Einen Sommer, einen Winter, einen Frühling lang, als er in schwarzem Anorak und schwarzer Cordhose erschien, wie perfekt seine Silhouette sich vor grauem Himmel heraushob, und ja, er war es wirklich, er war es, genau der, auf den ich hoffte. So herrlich und perfekt, ein Wunder: die Erscheinung eines Menschen, auf den man gewartet hat. Du weißt, dass er kommen wird, ihr habt Zeit und Ort zusammen abgemacht, du weißt, dass der Mann, der auf dich zuschreitet, der ein gigantisches Aufwühlen in deinem Körper verursacht, nur er sein kann, und doch empfindest du seine Gegenwart als Wunder, als er vor dir steht, als er dich anlacht und du dich in seine Arme stürzen darfst, du staunst, dass dieser Mensch genau die Züge deines Geliebten hat. Er ist es. Eine Fata Morgana und doch verabredete Realität. Auch wenn du längst jeder Realität misstraust und keine Fata Morgana in deutschen Wäldern erscheint.

Frau Sittich war mit dem Thema Brief noch nicht fertig und warf einen Blick auf ihre Notizen. »Klara tippt und tippt Briefe an ihren Freund, ein Schreiben, ein Schreien, ein Versuch des Seins, des Einsseins.«

»Bravo!«, sagte ich.

»Ein lyrisches Wandern, ein Ein- und Ausatmen, ein Sichöffnen, ein Sichverlieren und Finden, ein Fragen und Antworten, ein Versuch des Verstehens, eine Erklärung der Begeisterung und der Ergebenheit.«

»Bravo!«, sagte ich.

»Sie bezirzt ihn mit diesen Briefen. Ein Vorteil der armen Marie gegenüber, die bei weitem nicht in der Lage ist, solche Briefe zu schreiben. Marie hat mit Literatur, vor allem mit deutscher Literatur, wenig am Hut, ist unsicher in der deutschen Sprache und könnte niemals mit Klara mithalten. Wollten Sie die Macht der Literatur aufzeigen, ein Scheherazade-Gedanke? Solange ich ihm Briefe und Gedichte schreibe, zu denen seine Frau unfähig ist, wird er mich nicht verlassen? Wollten Sie darauf hinweisen, wie unterlegen die Tat, die Realität ist im Vergleich zum Gedankenspiel, zum Wort, zur Literatur?«

»Wenn diese Briefe eben auch ein Stück Literatur sind«, warf ich ein, »zeigen sie am Ende doch im Gegenteil die Ohnmacht der Literatur in unserem Leben auf. Lew wird von der Realität eingeholt, heimgeholt und wird sein Leben mit Marie wieder aufnehmen.«

»Immerhin bietet ihm Klara *the best of literature*, während Marie ihm zwei Kinder schenkte und betrogen wird«, murmelte die Interviewerin halb in sich hinein.

Ihr »Kinder schenkte« … Mein Gott, hatte diese Frau gewöhnliche Gedanken und ein armseliges Vokabular. Ich musste und wollte Scharfes erwidern, Klara und mich verteidigen, auch diese verzweifelte Frau beruhigen, denn Frau Sittich war eine Verzweifelte, eine, die nicht mehr wusste, wo ihr der Kopf stand, eine nie geliebte oder nicht mehr geliebte und sich nach Liebe sehnende Frau, auf jeden Fall eine ohne Liebessex, und es wäre an der Zeit, sie zu fragen, ob dieses Interview nicht Teil ihrer eigenen, selbst verschriebenen Therapie war. Ich wiederholte also, dass es nicht um Konkurrenz zwischen den beiden Frauen gehe, dass Klara nicht versuche, Lews Frau zu übertrumpfen, sondern dass es darum gehe, in Lews Aura zu verweilen, ihn eine Weile bei sich zu behalten, wenn er wieder aufgebrochen sei, eine Malerin würde ihn vielleicht malen, Klara halte ihn eben mit Worten fest. Und nein, es sei nicht meine Absicht gewesen, irgendetwas zu beweisen, aufzuzeigen, eine These zu illustrieren. Ich hätte nur eine Geschichte geschrieben, eine Liebesgeschichte ohne Happy End. Wenn es Frau Sittich auf Moral ankomme, Gute und Böse, Schuldige und Unschuldige zu benennen, dann solle sie zufrieden sein, dass die Liebesgeschichte von Lew und Klara nicht glücklich ende, oder? Frau Sittich könne sich gerne daran laben, dass Klara doch bestraft werde, dass Lew sie verlasse, dass er brav zu seiner schwangeren Frau zurückkehre.

»Nicht so schnell«, lachte Frau Sittich. »Wir sind doch noch gar nicht so weit. Klara und Lew radeln fröhlich durch Irland, und bis zu dem Telefonat zwischen Lew und seiner Frau schwebt Ihre Heldin regelrecht und ist voller Gnade gegenüber ihrem Geliebten. Das Wort ›Parallelwelt‹ kommt oft bei Ihnen vor. Glauben Sie an die Realität einer Parallelwelt?«

»Jeder Mensch«, ich laberte nun einfach drauflos, »führt mehrere Fantasieleben, wenn auch die wenigsten sie Realität werden lassen, wie Lew, der sich entscheidet, einen Sommer mit seiner Geliebten zu verbringen, anstatt nur von ihr zu träumen und sie heimlich zu treffen. Eine Parallelwelt existiert ja nicht nur im Fall einer verbotenen Liaison. Wir schreiten und schweben in Landschaften, in Gefühlen, in Wünschen, von denen unsere Partner, unsere Kinder, Eltern oder Lehrer oder Kollegen nichts ahnen. Ich ist ein anderer, ich ist woanders.«

»Was Sie sagen, erinnert mich an dieses Theaterstück, das Lew zusammen mit seinen Schülern erarbeitet. Er bittet sie, ihre Tagträume zu notieren, die sie während des Unterrichts haben. Aus allen diesen Gedanken, Wünschen, Vorstellungen machen sie einen Text für das Theater, ein Stück, das eine Parallelwelt zum Unterricht thematisiert.«

Frau Sittich öffnete im Buch das Kapitel mit der Schulaufführung und las mir und sich selbst vor, warf mir alle zwei Sätze einen forschenden Blick zu, als bitte sie um Bestätigung für ihr Vorlesetalent oder wolle nachprüfen, ob ich den Text immer noch befürwortete. Sie las diese sehr lange Stelle sehr langsam, genoss es.

»Du stehst auf der Bühne in einem seidenen blauen Kleid, ein elegantes Kleid, zu sexy für eine Schuldirektorin. Du eröffnest den ›spannenden‹ Abend nicht so gelassen wie sonst. Deine Stimme zittert leicht. Du spürst Lews Blick in deinem Rücken, er steht hinter den Kulissen, von seinen jungen Darstellern umgeben, die erregt tuscheln, scharf darauf, endlich auf der Bühne zu erscheinen. Du lächelst verkrampft ins Publikum, die Worte, die aus deinem Mund krabbeln, kollidieren mit deinen Gedanken: In einigen Tagen wird das ganze Theater zu Ende sein, und du wirst mit Lew nach Irland fahren. Du suchst seine Frau Marie in der Menge der Zuschauer, aber hast auch Angst, sie zu erblicken, findest sie Gott sei Dank nicht.

Es kommt an dem Abend zu keinem öffentlichen Skandal, nur in dir selbst gerät etwas in Unruhe. Eltern, Mitschüler und Lehrer lauschen aufmerksam, lachen bei den lustigsten Stellen kurz auf, lassen sich nicht von manch laienhaftem, unbegabtem Schüler stören: Die Inszenierung (viel Krach, Musik und Nebel) wird gelobt, der prägnante Text kommentiert, die Schülerin, die das Gedicht vorträgt, wird als kleines Genie gefeiert, und schon zur Pause werden alle Schauspieler mit einem furiosen Applaus belohnt. Aber die Atmosphäre in der Aula ist geladen, wie elektrisiert, man hört einige spöttische Bemerkungen über Lew und dich, das Wort ›Mätresse‹ fällt, seine Mätresse, die Direktorin ist seine Mätresse. Manche schauen mitleidig zu Marie. Doch, doch, das ist seine Frau. Die arme Kleine. Zwei Kinder. Sie hat zwei Kinder, zwei Mädchen. Ob sie Bescheid weiß? Saskia beobachtet Lew, lauert auf die Reaktionen von Marie, die gekommen ist, mutig, vor allem, um Klara zu sehen. Und du, feige Direktorin, bist allerdings verschwunden, hast dich in deinem Büro eingeschlossen, läufst panisch auf und ab in der Dunkelheit, atmest schwer, versuchst vergeblich, klare Gedanken zu fassen, öffnest blind Schreibtischschubladen, wühlst hektisch darin, findest nicht, was du suchst, fällst erschöpft auf den Stuhl. Beide Ellbogen auf dem Schreibtisch, stützt du deinen migränösen Kopf mit den Händen, spürst unter den Fingern die Blutbahnen an den Schläfen pulsieren. Eine große Leere, eine große Verlorenheit hält dich jetzt gefangen. Du weinst. Tränen der Wut, der Scham und des Entsetzens. Du weinst um dich, um die Bosheit der Menschen, um Lew, um deine Ohnmacht, auf ihn zu verzichten. Mit diesem Theaterstück hat er dich, euch, öffentlich entblößt. Er ist naiv. Wieso hast du nicht verlangt, den Text des Stücks vorher zu lesen? Es ist ein pathetischer Theaterabend, lächerlich, und alle haben dich angeglotzt. Natürlich ranken sich die Tagträume der Schüler nicht nur um einen Gewinn im Lotto, sondern auch um Unerlaubtes, Verbotenes, um Liebschaften, manche schockierend genug, ein Schüler hat sich groß geträumt und deklamiert: Ich liebe sie, ich liebe die Frau, die ich nicht lieben darf, ich liebe sie, wo und wann ich sie nicht lieben darf (großes Gelächter im Publikum), ich liebe sie im Unterricht, ich liebe sie nach der Schule, ich liebe sie Tag und Nacht. Und dann das Schlimmste, das Undenkbarste, das Unfassbarste: Eine Schülerin hat eins deiner Gedichte vorgetragen, ein intimes, das du vor Monaten selbst auf einen Zettel geschrieben, kopiert und Lew zwischen zwei Unterrichtsstunden zugesteckt hast. Wie konnte es in falsche Hände, in die Hände der Schülerin geraten? Hattest du das Original verloren? Im Kopiergerät vergessen? Das Mädchen, eine lange, hässliche Göre von fünfzehn Jahren, hat es mit erhobenen Armen und gespreizten Fingern deklamiert, schwülstig, piepsig, es wirkte surreal und lächerlich zugleich. Das Publikum war irritiert, verblüfft, begeistert, applaudierte erst zögerlich, um schließlich mit Rufen und Pfiffen seine Anerkennung zu zeigen. Und du, völlig verstört, schließt deine Augen, um deine eigene Karikatur nicht sehen zu müssen.

Nackt

Tag für Tag ziehst du mich aus
Schicht um Schicht und Schlag um Schlag
Ich bin so nackt
Es hört nicht auf
Was wirst du finden
Wenn du so weitermachst, mit der Axt,
so nach und nach und Tag für Tag
Verdorren die alten Landschaften
Es blüht die Haut, es wächst der Baum

Und plötzlich der Zweifel, ein tief stechender Schmerz im Auge, es blitzt und kracht in deinem Kopf. Sekundenlang. Deine Hand fährt zum Mund, du spürst dein heißes Hecheln um die Nase, erstickst. Lew hat dich verraten. Das Gedicht ist dir nicht abhandengekommen. Du hattest es kopiert und ihm die Kopie gegeben, das Original hast du ganz sicher noch zu Hause. Nur er besaß dieses Gedicht. Lew steckt unter einer Decke mit der Schülerin, von vornherein. Wurdest du nicht auch schon gewarnt, er habe mal etwas mit einer Schülerin gehabt? Nein. Unmöglich, absurd, du bist verwirrt, verrückt, nein, die Wahrheit ist einfacher: Du hast einfach deine Niederschrift verloren, sie ist dir aus einer Mappe gefallen, oder du hast sie doch im Fotokopierer vergessen und sie wurde dort von einer Schülerin gefunden.

Du wirst es jetzt nicht klären können. Du musst den Abend aushalten. Du betrittst erst die Aula, als alle wieder Platz genommen haben, stehst hinten in der Dunkelheit. Nach dem Schlussapplaus wirst du dich bei dem ›engagierten‹ Lehrer bedanken und den ›so kreativen‹ Schülern gratulieren. Das schaffst du noch.

Nach der Vorstellung verschwinden die Menschen nicht sofort. Die Schüler haben einen kleinen Empfang vorbereitet. Man trinkt Orangensaft und alkoholfreien Sekt, die Eltern der Theaterkinder gratulieren sich gegenseitig. Man bespricht die Leistungen der Schüler, vor allem die Thematik des Stücks, die ein Vater kritisch beurteilt, Lew würde die Schüler ermutigen, im Unterricht zu träumen, da müsse man sich nicht wundern, wenn … Eingeweihte spotten, regen sich auf, vor allem das Kollegium: Wie konnte Lew dieses Thema behandeln?, fragt Saskia. Welchen Sinn hatte diese Provokation? Wie konnte Klara zulassen, dass das Stück aufgeführt wurde, war sie denn bei keiner

Probe anwesend? Warum akzeptierte Lew diesen Text? Ist das Gedicht wirklich von dem Mädchen?, fragt der Mathematiklehrer. Hätte Lew nicht eine Zensur ausüben sollen?, fährt Saskia fort. Und dieses fürchterliche Zeug, dass ein Schüler sich den Tod von verhassten Erwachsenen wünscht, Eltern und Lehrer, was sollte das? Immerhin wurden keine Namen genannt. Einige Lehrer fragen sich, ob Lew etwa auf diese schräge Art um Verständnis warb, ob er den Beweis für seine These liefern wollte: Wir alle leben auch in Parallelwelten, wir alle wollen eine Wunschwelt erleben anstelle eines Alltags, der uns einkeilt und erstickt. Warum sollte man den verurteilen, der von einem unliebsamen Leben abspringt, um sich für ein zweites Leben zu entscheiden, bevor die Routine und die Langeweile ihn austrocknen lassen? Immerhin ließ er die Schüler ein moralisches (schlechtes) Ende schreiben, lacht der Mathematiklehrer. In der Tat, ein wenig glaubhafter Magier ist in einer roten Wolke auf der Bühne erschienen und hat ganz flott die Träume der Schüler verwirklicht, verhasste Lehrer und engstirnige Eltern verschwinden lassen, und jetzt weint der böse, reuige Bube. Verliebte Paare (Gott sei Dank immer bekleidet) streiten und trennen sich. Der eine, der seine langjährige Freundin (mit fünfzehn?) für eine sexy Mitschülerin fallen lässt, wendet sich direkt wieder ab, als er mit ihrer Dummheit und oberflächlichen Art konfrontiert ist, kriecht bettelnd zu seiner Freundin zurück. Der andere, der sich seine Zukunft als Popstar erträumt, hantiert allein und bekifft mit dem Mikro herum, grölt ein Lied, das keiner hören will. Die Tugend siegt, die Abenteuerlust, die Untreue, die Naivität werden bestraft. Lew hat die Moral gerettet. Ein didaktischer Abend.

Als ihr euch für einen Moment nicht in Hörweite der anderen befindet, erklärt dir Lew, dass die Parodie-Liebeserklärung sei-

ner Schülerin eine Improvisation gewesen sei, er, Lew, habe den Text nicht gekannt, er schwört, auch nichts von dem Gedicht gewusst zu haben, in den Proben habe das Mädchen immer ganz andere Zeilen vorgetragen, er habe, sagt er, seinen Ohren nicht getraut, ihm sei schwindelig geworden, es tue ihm leid, es tue ihm so leid. Er habe das Gedicht noch an dem Tag verloren, als du es ihm gegeben habest, und sich nicht getraut, es dir zu gestehen. Er bittet dich um Verzeihung. Sicher verzeihst du ihm. Du würdest ihm alles verzeihen.

Du hast dich mit dem bescheuerten Verdacht, er sei der Komplize der Schülerin, viel schuldiger gemacht. Du fragst ihn leise, ob auch er wie die Schüler am Ende des Stücks seine Irrtümer erkennen werde, ob auch du bestraft werdest für seine, eure gemeinsame Sünde. Er lächelt nachsichtig: Nein, die Schüler selbst hätten dieses Ende geschrieben, Schüler seien viel konformer, als man denke, sie sehnen sich nach einer heilen Welt und wollen Träume Fiktion sein lassen.

In dem Augenblick kreuzen sich die Blicke von Lew und Marie, die ganz allein auf der anderen Seite der Aula steht, und ohne dich noch einmal anzuschauen oder etwas zu sagen, geht Lew von dir weg, geht weiter zum nächsten Lehrer, zur nächsten Lehrerin, lässt sich von den Eltern beglückwünschen zu dem schönen Abend. Und so steht ihr beide allein, Marie und du, zwischen euch Lew und sein Hof. Dann verabschieden sich die letzten Gäste und die letzten Schüler und Lew steht endlich bei seiner Frau. Maries Augen schwimmen in Tränen. Lag es an Lews Haltung, als er sich mit dir unterhielt? Lag es an den verrückten Texten der Schüler, an dem vorgetragenen Gedicht? Hat Lew selbst dieses Gedicht geschrieben? Für Klara? Als er sich ihr nähert, stottert sie etwas, das du nicht hören kannst. Lew umarmt sie, murmelt ihr etwas ins Ohr. Er wird mit dir nach Irland fahren, und du, die du den Raum verlässt, du weißt es.«

Frau Sittich schlug das Buch zu. »Gut. Nun weiter zu Irland. Kurz gefasst: Marie verbringt die Ferien bei ihren Eltern in Südfrankreich und ahnt inzwischen, dass ihr Mann nicht allein in Irland radelt. Erst als er sie anruft, sagt sie ihm, dass sie ihr drittes Kind erwartet. Sie wusste schon vor der Theateraufführung, dass sie schwanger ist. Warum hat sie nicht vor ihrer Abfahrt mit ihm darüber gesprochen?«

»Aus Trotz, aus Stolz. Weil sie die Schwangerschaft nicht als billiges Erpressungsmittel einsetzen will.«

»Und ihm in Irland einen Schock zu versetzen? Ein geschickter Schachzug, der gelingt. Er lässt Klara stehen und fliegt sofort zurück. Ein interessantes Persönchen, diese Marie, die am Telefon ihren Mann gar nicht zu Wort kommen lässt und ihm sagt, dass er zum dritten Mal Papa wird.«

»Ich kenne meinen Text«, sagte ich.

»Diese Szene gefiel mir gut. Sie telefoniert im Wohnzimmer, wo ihre Eltern vor dem Fernseher sitzen. Die Kinder sind in der Nähe, sie rufen, dass sie auch mit Papa sprechen wollen. Am Tag zuvor hat Marie gründlich nachgedacht: Welchen Sinn hat es, einen Mann zurückzugewinnen, der eine andere, eine Ältere, so leidenschaftlich liebt? Die Antwort für Marie liegt nahe: Die Familie ist der Sinn, der Erhalt der Familie. Ist das so?«

»Im Roman ja«, bestätigte ich und dachte, so wie Frau Sittich Marie nun noch einmal beschrieb, dass Marie in meinem Roman genau die Strategin war, die ich selbst in meinem Leben nie sein konnte. Lew soll nicht aus Mitleid zurückkommen, aus einem schlechten Gewissen heraus, nein, er soll sich selbst ausgeschlossen fühlen, er soll seinen Verlust spüren, wenn er die Geräusche aus dem Wohnzimmer hört, den Fernseher, den sie nicht leiser machen und der ihm in der Sprache seiner Frau signalisiert, dass er sich aus der französischen Familie ausschließt, die ihn mit offenen Armen aufgenommen hatte und die er selbst so sehr schätzt, die Stimmen der Eltern, die durch das Zimmer rufen, *plein de bises de notre part!* (Viele Küsschen von uns!), die fröhliche Stimme seiner Frau, *je suis en train de remuer la salade, attends, je m'essuie les mains!* (Ich bin dabei, den Salat umzurühren, warte, ich trockne mir die Hände!), und so weiter und so weiter.

»Die Szene ist gut geschrieben, amüsant«, sagte Frau Sittich. »Sie hat mich aber nicht wirklich überzeugt. Marie zeigt sich hier als Schauspielerin und als Strategin. Ihre wahre Stärke, Charlotte, scheint mir eher in den sentimentalen Momenten zu liegen.«

Es gilt, eine der Lücken zu schließen, die ich aufriss in meiner Geschichte, als ich zur Beichte nach Dublin gesprungen bin. Der Tag, an dem Ludo mit seiner Frau telefonierte und ich an einer Bushaltestelle mit einer Witwe sprach, endete damit, dass wir am Rand eines Feldes voll dreiblättrigem Klee zelteten. Der letzte rote Strich am Horizont war hinter dem Atlantik verschwunden, schwere graue Wolken kleisterten den Himmel zu und fügten sich kurz danach in die Dunkelheit ein. Eine feuchte Nacht ohne Sterne umschloss uns. Wir krochen unter das Zeltdach. Ludo war stumm geblieben, und auf meine Frage, wie es seiner Frau gehe, hatte er nur geantwortet: Nicht so gut. Ich spürte Kiesel im Rücken, fror und schlüpfte mit in seinen Schlafsack, deckte uns mit meinem zu, wir klebten aneinander. Es gab nur noch winzige Zehen- und Fingerbewegungen, ein minimales Tasten und das Horchen auf den Atem des anderen. *One penny for your thoughts*, flüsterte ich. Ich spürte sein Lächeln an meiner Wange: Deine Aussprache ist katastrophal, flüsterte er zurück. Seit unserer Abfahrt hatten wir uns kaum über seine Frau ausgetauscht, aus Angst, es könnte einen bösen Schatten auf unsere Gegenwart werfen, die wir beide ohne Reue genießen wollten, möglicherweise aber auch aus Rücksicht mir gegenüber. Ich wusste nur, dass sie zur Kur gefahren war, drei Wochen, während er angeblich alte irische Freunde besuchen und Manuskriptmaterial in einer Dubliner Bibliothek sichten wollte. Ein einziges Mal hatte er seine Frau erwähnt und in mir damit eine wahnsinnige Hoffnung geweckt. Wir standen auf einem Felsen, schauten über das Meer, das sich unter starkem Wind wälzte, er hielt mich fest in den Armen. Ein flüchtiger Gedanke wie ein paar Tage zuvor auf der kleinen Brücke: Er brauchte mich nur loszulassen, und ich läge innerhalb von Sekunden am Fuß des Felsens. Ich fragte ihn, ob er sich immer noch wünsche, dass seine Frau stürbe.

Nein, sagte er, nein, ich glaube, ich bin dabei, mich zu lösen, ich fühle mich frei bei dir, auch befreit von blöden Gedanken. Frei und glücklich. Wie vor langer Zeit in der Jugend. Sie soll leben, wie es ihr beliebt. Ich denke, sie ist auf einem guten Weg. Sie lässt sich auch helfen, hat einen sehr guten Therapeuten, die Kur scheint ihr gutzutun, das tut auch mir gut.

Aber nun lagen wir in diesem Zelt, eng umschlungen in einem Schlafsack, Ludo schwieg und drückte mich ein bisschen fester an sich.

Was habt ihr vorhin am Telefon besprochen?, fragte ich. Sag es mir.

Ludo stotterte etwas von Rose, ob ich mich an sie erinnere, die Freundin, die uns am Flughafen gesehen habe. Sie hat meine Frau in der Kur besucht. Als sie hörte, dass ich für drei Wochen in Irland bin, um Recherchen für eine wissenschaftliche Arbeit zu machen, hat sie ihr von unserer Begegnung am Flughafen erzählt. Meine Frau weiß nun von uns.

Frau Sittich holte mich aus dem Schlafsack zurück. »Ich weiß, dass Sie Ihre Prosa hart am Leben entlang verfassen«, sagte sie. »Es sind Texte, die allgemeingültige Züge haben, in denen sich die eigenen Sorgen und die existenziellen Ängste Ihrer Leser widerspiegeln, Sie teilen also diese Erzählung mit Menschen, die sich dieselben Fragen stellen wie Sie und ich: Warum verliebt man sich? Warum ist die Leidenschaft so lebenswichtig, wo sie doch das Leiden zwangsläufig bereithält?«

Ich staunte über die plötzliche Gutartigkeit der Fragen meiner Kritikerin. Die Frage nach Sinn, Grund und Wert der Leidenschaft hatte ich mir selbst so oft gestellt, dass ich sie mühelos beantworten konnte. »Weil man das Vertrauen und die Güte eines Gottes braucht, der einem näher ist als Der-da-oben, weil man sich selbst selten genügt. Man jagt nach irdischer Anerkennung eines Gottes. Die Leidenschaft, von sexuellem Verlangen durchblutet, dient dem Zweck der Verschmelzung, also auch der Selbstauflösung. Oder einfach, weil der Alltag zu dünn oder zu zäh ist. In einer *amour fou* geht man in einer mythischen Geschichte auf, man spürt den eigenen Puls. Es passiert etwas. Man entgeht dem Profanen, der täglichen Lethargie, der Routine. Jeder kann der Held einer solchen Erzählung sein. Jeder kann daran stricken.«

»Und dann nimmt einer sich einen Strick und geht wirklich in einer mythischen Geschichte auf.«

Schaumbläschen bildeten sich auf den Lippen von Frau Sittich. Ich schloss die Augen, um sie aus der Welt zu radieren.

Oft verlief die Landstraße nicht direkt an der Küste, sodass wir ein gutes Stück radeln mussten, bevor wir das Meer sahen. Wir wollten immer wieder ans Meer, ins Meer. Zuweilen fanden wir einen Weg dahin, konnten aber nur kurz in das eiskalte Wasser tauchen. Einmal verbot uns eine Ansammlung von Quallen den Eintritt. Wir beobachteten die glibberige Barriere und radelten weiter. Auf den Feldern lagen Haufen von gestochenem Torf zum Trocknen aus. Ich hielt an, brach mir ein Stück ab, ein warmer Bauch, der nach Gewürzen, Mist, Tieren und kondensierter Zeit roch. Wir fuhren weiter, blieben erst wieder eine lange Zeit später oberhalb eines Flusses stehen und schauten einfach nur in die Landschaft, verliebt und dankbar, küssten uns. Das Licht klopfte an Ludos Stirn. Wir strahlten, als hätten wir die goldene Zahl erfunden.

»Ja, Frau Sittich«, sagte ich, »berufliche und familiäre Ziele reichen nicht immer aus, die Routine erzeugt Langeweile, das kennen Sie doch auch, oder? Manche finden ihre Erfüllung in politischen Kämpfen, in der Religion, in der Meditation, in der Spiritualität, im beruflichen Erfolg, auf der Bühne. Und manche schreiben Bücher. Das Einzige aber, was in der Reichweite von jedem bleibt, egal ob Uniprofessor oder Putzfrau, Schulleiterin oder Friseur, ist die Liebe, sind die Sinne, ist Bejahung der eigenen Existenz durch Verschmelzung. Die reinste Quelle des Glücks.«

Die letzten Worte, »die reinste Quelle des Glücks«, hatte ich beinah geschnurrt. Meine Rührseligkeit wirkte sogar auf mich selbst lächerlich. Die Journalistin sah mich skeptisch an, fragte sich gewiss, was mit mir los war. Weil ich die deutsche Sprache erst als Erwachsene erlernt habe, neige ich manchmal zum Klischee, für mich sind alle Wörter noch frisch. *Die reinste Quelle des Glücks* war mir rausgerutscht. Das Wort »wichtig« oder das Wort »wesentlich« hätte besser gepasst. Ich liebe dich, hatte ich Ludo oft geschrieben, weil auch diese Worte für mich noch frisch gewesen waren. Ich liebe dich, weil unsere Umarmung das Dumme, das Fade, das Komplizierte, das Schmutzige und das Ungerechte im Leben erstickt, weil sie meine Angst, unsichtbar zu sein, auflöst. Ich brauche deine fest greifenden Hände, deinen Stoß, deinen Puls, um meinen Puls zu spüren. Ich dich auch, antwortete er selten. Wenn er es aber tat, waren die zwei abgedroschenen Sätze ein Universalschlüssel zu unserer Privatinsel. »Möchten Sie ein Lakritzkätzchen?«, sagte Frau Sittich. Sie hatte diskret ihren Kaugummi in die Hand gespuckt und schaute sich nach einem Mülleimer um. »Ich versuche mit dem Rauchen aufzuhören«, erklärte sie, »nicht so einfach.« Sie reichte mir die Tüte Lakritze, die sie nervös schüttelte. »Nehmen Sie sich doch! Sie mögen bestimmt Lakritz«, sagte sie.

»O ja, gern.«

»Klara lutscht auch öfter welche.«

Mir wurde ganz heiß, und sicher errötete ich. Das Lakritzkätzchen hatte mich entlarvt. Es war der Beweis, dass sich Charlotte in Klara eingeschlichen hatte.

»Nehmen Sie doch gleich zwei, die schmecken dann doppelt.«

Ludo/Lew hatte einige Tüten Lakritze in seinen Fahrradtaschen. Ich steckte mir vor jeder Abfahrt zwei in den Mund und lehnte den Kopf an sein verschwitztes T-Shirt. Der Duft seiner Haut und der Duft der Lakritze in meinem Mund verschmolzen zu Vertrautheit. Ludo/Lew nahm meinen Kopf zwischen seine Hände, strich mein Haar aus der Stirn, küsste mich, wie man ein Kind küsst, und sagte: Los! Es geht los! Ich schwankte zu meinem Fahrrad und wir fuhren weiter.

»Ist die Liebe nur ein Ersatz für Gott oder vielleicht auch für den Mutterleib?«, fragte Frau Sittich. Beide lutschten wir nun jeweils zwei Lakritz auf einmal.

»Ein Ersatz für ...? Ich denke, für beides«, sagte ich. »Ohne Ludo tappt Klara im Dunkeln und in der Kälte.«

»Ohne wen?«, schmatzte sie.

»Ohne Lew.« (Ich wurde wieder knallrot.)

»Wer ist denn Ludo?«

»Ich habe mich versprochen. Ich habe für meine Figur lange zwischen den Vornamen Ludo und Lew geschwankt.«

»Lew war eine gute Wahl«, sagte Frau Sittich, schüttelte ungläubig den Kopf (das schelmisch-boshafte Lächeln wieder), machte aber einfach weiter. »Der Plot. Sie als Autorin sind die Regisseurin dieser Katastrophe. Hätten Sie der Geschichte nicht ein heiteres Ende verpassen können? Zum Beispiel: Klara und Lew kommen aus Irland zurück, entscheiden, dass sie zusammenleben können, Marie findet sich damit ab, Lew wird sich liebevoll um seine Kinder kümmern. Stattdessen: Der Selbstmordversuch von Klara. Ist es überhaupt ein Selbstmordversuch? Das wird das Leben der beiden jedenfalls vergiften. Wer sich umbringt, will sich rächen, das ist bekannt. Warum muss es in der Literatur so dramatisch zugehen? Liefert das normale Leben nicht Stoff genug?«

»Was ist ein normales Leben?«, fragte ich. »Und ist ein langweiliges Leben normal?«

Frau Sittich ignorierte meinen bissigen Ton. Der Geschmack der Lakritze schwächte sich ab und gab mir Lust auf mehr.

Wir waren in einem hübschen Dorf an der Westküste, speisten in einem guten Restaurant. Nach Tagen mit spärlichem Essen wollten wir diesen Luxus genießen. Es dauerte eine Ewigkeit, bis ein Tisch frei wurde. Ludo nutzte die Wartezeit, um vom Restauranttelefon aus mit seiner Frau in der Kur zu telefonieren. Beim Telefonat zuvor hatte er die Taktik angewandt: alles leugnen, Marlies überzeugen, dass Rose sich geirrt und uns verwechselt habe. Ich wartete auf Ludo. Manchmal nannte er seine Frau »das kleine reiche Mädchen«. Sie komme aus einer sehr wohlhabenden Familie, beziehe viele Renten, habe es nicht nötig zu arbeiten. Schade. In ihren Beruf zurückzukehren würde ihr guttun, dachte ich. Der Abend war eingetrübt. Als Ludo zurückkehrte und wir gemeinsam am Tisch saßen, erzählte er, seine Frau habe die Kur abgebrochen, sie sei wieder nach Hause gefahren. Mehr habe er nicht erfahren vom Personal. Er habe daraufhin zu Hause angerufen, Marlies habe aber nicht abgenommen.

Ludo erzählte noch einmal von der Kindheit seiner Frau,

von diesem Gefühl der Einsamkeit, das ihr Leben vergiftet habe, auch dass sie und er zunächst keine Kinder hätten haben wollen, zu sehr mit dem Studium, mit ihrem Unterricht beschäftigt gewesen seien, dann aber sei es wegen ihrer Krankheit für sie zu spät gewesen. Ich hörte zum ersten Mal Trauer in seiner Stimme, zögerte, die Rolle der Trösterin widerstrebte mir, sie war zu leicht, zu vorhersehbar, ich sagte nur, dass auch ich keine Kinder habe, dass ich keine habe bekommen können und mich dafür oft schuldig fühle. Eine Freundin habe einmal zu mir gesagt, meine Bücher seien meine Kinder, den ironischen Ton in ihrer Stimme habe ich nicht ignorieren können. Ja, habe ich der dummen Freundin geantwortet, sie seien in der Tat der Sinn meines Lebens, ich erziehe meine Bücher sogar, sodass sie immer besser und klüger werden, ich schenke ihnen eine sichere Zukunft. Ludo lachte, und die Stimmung besserte sich. Wir mochten beide das Absurde, das Skurrile, was andere als zynisch empfinden. Wir hatten auch beide Spaß daran, jeder auf seine Art, nach angemessenen Formulierungen zu suchen, nach Sätzen und Vokabeln zu angeln, die sich so eng wie möglich unserer gefühlten Wahrheit näherten. Oft half er mir dabei. Er wusste, was mir die Sprache, seine Sprache bedeutete. Sie band mich an sein Land. Er korrigierte meine Fehler oder Ungenauigkeiten. Für mich vereinfachte und verschlankte er seine akademischen Funde, und es beglückte ihn, sie klarer und geschliffener für mich zu formulieren, sodass sie zu glänzen begannen. Während unserer Reise machte ich abends Aufzeichnungen von dem verbrachten Tag, schrieb Gedichte oder sogar Briefe an Ludo, der neben mir saß und Pfeife rauchte oder im Reiseführer las. Er sagte, er freue sich darauf, meine Briefe und meine Gedichte zu lesen, wenn wir zurückgekehrt sein würden, so könne er ein zweites Mal unsere Reise erleben, so hätte er einen Proviant an Glück für die Wintertage. Er war der erste Mann, der mich zum Schreiben ermutigte und immer wieder betonte, dass dieses Schreiben mein Leben ausmache und ich mir mehr zutrauen solle. Auch dafür liebte ich ihn.

Das Essen kam, und er versuchte, wieder fröhlich und witzig zu klingen. Ich spielte mit, hoffte auf die echte Wiederkehr seiner Freude und Leichtigkeit. Auch ich versuchte, ein schäbiges Gefühl zu verdrängen. Das Schlimmste war vielleicht, dass ich weiterhin keine Reue verspürte, mich gar nicht schämte, so gewissenlos zu sein, mich nur über diese Ehefrau ärgerte, die ihn schon seit Jahrzehnten mit ihrer schlechten Gesundheit erpresste, ich fürchtete nur, dass wir den Urlaub nicht zu Ende führen könnten, dass er nach Hause fahren wollte. Es war schon spät, als wir wieder auf die Fahrräder stiegen. Ludo wollte auf dem Rückweg zum Campingplatz noch an einem Pub anhalten, um ein Guinness zu trinken, ich selbst wollte lieber weiterfahren, weil es immer dunkler wurde und unsere Räder beide kein Licht hatten. Es wird schon gehen, es ist ja gar nicht so weit, sagte er. Nach zwei Guinness fuhren wir endlich zurück, in tiefster Finsternis, Ludo fuhr vor mir, bald aber sah ich ihn nicht mehr. Als ich einen Wagen hinter mir hörte, hielt ich mich noch weiter links. Dann ein Stoß gegen etwas, ein Stein, ein Pfeiler, ein Schmerz im Gesicht, am Kopf, ich lag am Boden, hatte noch den Reflex, vom Straßenrand ins Gras zu kriechen, aus Furcht, der Wagen hinter mir könnte mich überfahren. Dann verlor ich das Bewusstsein. Einige Sekunden oder Minuten nur, und ich hörte Ludo, der meinen Namen rief, spürte, dass man mich hochhob und in einen Wagen bugsierte. Ich war wieder bei Bewusstsein, und das Erste, worüber ich nachdachte, war tatsächlich, wie schnell man von Glück in Unglück stürzen konnte, Wohlbefinden wurde zu Schmerz, Touristin wurde zur Patientin, Liebhaber zum besorgten Kümmerer. Eine Seite des Gesichts schmerzte stark, ich schmeckte Blut, spürte ein oder zwei Zähne in meinem Mund wackeln. Ich lag auf Ludos Knien, der mir das Haar streichelte, beruhigende Wörter murmelte, die ich gar nicht verstand, ich sagte ihm leise, er solle meinen schmerzenden Kopf nicht berühren, zu leise, denn auch er verstand mich nicht und streichelte weiter. Man fuhr mich zu einem Arzt, der im nächsten Dorf lebte. Der lag schon im Bett, stand aber auf und versorgte meine Wunden, gab mir Schmerzmittel. Dann fuhr man uns weiter zum Campingplatz, ich bekam alles nur halb mit. Ludo umhegte mich, er zog mich aus wie ein Kind, schmiegte sich an mich, tröstete mich mit zärtlichen Worten, wiederholte immer wieder, dass uns nichts und niemand trennen werde. Am nächsten Tag wachte ich davon auf, dass Ludo auf Englisch mit einer Niederländerin diskutierte, er erzählte ihr den Unfallhergang, ich verstand nicht alles, sie schien ihn anzuschnauzen. Schließlich fuhr sie uns mit ihrem Auto in das nächstgrößere Städtchen, wo mein Kiefer und mein Schädel geröntgt werden konnten. Nichts Schlimmes, nur zwei gebrochene Backenzähne, zwei andere Zähne waren locker. Wir holten dann unsere Fahrräder, die immer noch am Straßenrand lagen.

»Eine allerletzte Frage, Charlotte, die Hörer würde die Wahl der Du-Form bestimmt interessieren«, sagte die Journalistin. »Warum wird Ihre Protagonistin geduzt, und von wem? Von der Autorin?«

Ich schwieg.

»Ein Du als Tarnung des Ichs? Ein Du, um Distanz zu schaffen, um das Ich nicht preiszugeben?«

Ich atmete tief ein.

»Ein Du der Solidarität? Sie haben sich mit Klara eine Zwillingsschwester erschaffen, um der Einsamkeit zu entweichen?«

Ich verdrehte die Augen.

»Charlotte, springen Sie über Ihren Schatten! Ein letztes Mal!«

»Eben«, sagte ich, »ich brauchte einen Schatten. Wer keinen Schatten wirft, existiert nicht.«

Frau Sittich nickte zufrieden, faltete schließlich ihre Notizen zusammen und steckte ihr Aufnahmegerät in die Tasche. Beiläufig fragte sie, welche Stelle ich gleich lesen wolle. Ihre Augen glänzten vor künstlich erzeugter Spannung.

»Ich improvisiere, entscheide es immer erst auf der Bühne«, antwortete ich.

Und sie: »Darf ich Ihnen eine Stelle vorschlagen?« Ich antwortete nicht. So blätterte Frau Sittich erneut in ihrem Notizheft. »Übrigens: Ich habe Ihnen ein kleines Geschenk mitgebracht.« Vorsichtig nahm sie ein vierblättriges Kleeblatt zwischen den Seiten heraus. »Als Talisman für dieses Buch«, sagte sie.

Ich erinnerte mich, dass die abergläubische Klara auf einem Feld, wo Lew und sie einmal zelten, vierblättrigen Klee in der Wiese sucht – und nicht findet. Nur dreiblättriger Klee überall. Der dreiblättrige Klee erinnerte im Land an die Erklärung des heiligen Patrick über die Dreifaltigkeit Gottes.

Frau Sittich fuhr einen Smart. Unser Aufbruch verzögerte sich, da der Wagen zugeparkt worden war, und als wir endlich auf der Landstraße waren, mussten wir lange hinter einem Trecker herfahren, der schwer zu überholen war. Meine Fahrerin fuhr konzentriert und schwieg. Ihre Nervosität entlud sich nur in ihrem Fingerspiel. Ihr breiter Ring (Smaragd?) klopfte auf dem Lenkrad. Taptaptaptap. Taptaptaptap. Sie fragte, ob ich Musik hören wolle, sie habe eine CD von Jacques Brel mit *Les vieux amants* (Die alten Geliebten) und weiteren schönen Liedern wie *Ne me quitte pas* (Verlass mich nicht). Ich deutete dieses Angebot als eine neue Provokation, was es vielleicht nicht war, wer weiß, ich befand mich in einer gereizten Stimmung und interpretierte jetzt alles als Kampfansage. Ich antwortete nur, dass ich Jacques Brel nicht mehr möge. Es stimmte nicht.

Frau Sittich kaute an ihrer Unterlippe. Sie schwieg wieder. Ich genoss die Ruhe. Am Rand der Straße sah ich Heidekraut, halb verwelkt, ich hätte gern ein Sträußchen als Inselerinnerung gepflückt, traute mich jedoch nicht, Frau Sittichs Nervosität womöglich noch zu steigern. Schließlich konnte sie den Trecker überholen und wir fuhren quer über die Insel zu einer anderen Bucht.

»Hoffentlich fängt es nicht an zu regnen«, sagte Frau Sittich. »Das könnte viele Zuschauer abhalten. Ich lasse Sie vor der Bibliothek aussteigen, ich muss ja noch parken. Sie können draußen warten oder schon reingehen. Ich werde bei Ihrer Lesung dabei sein und auch bei der Preisverleihung ein paar Aufzeichnungen machen.« Sie hatte ein warmes Lächeln, als sollte ich mich darauf verlassen, dass bei ihrer Anwesenheit nichts Schlimmes passieren könnte. »Mein Lebensgefährte, der Herr

Murr, erwartet Sie. Aber wenn diese Böen Sie nicht stören, können Sie auch hier auf mich warten, ich möchte gern noch etwas mit Ihnen besprechen.«

Herr Murr war der Leiter der Bibliothek und der Vorsitzende der Jury. Er hatte die Lesung organisiert. Sendung und Preis schienen eine Familienangelegenheit zu sein.

Ich hatte noch eine gute halbe Stunde Zeit. Die Bibliothek war ein bescheidenes, flaches, weiß gestrichenes Haus. Ich setzte mich auf die Kante eines Blumenkübels. Dunkle Wolken türmten sich weiter auf. Es sah nach Sturm aus. Der Wind pfiff mir um die Ohren, ich hatte keine Lust hineinzugehen, nur Lust auf eine Zigarette, die ich mühsam im Schutz meines Mantels anzündete. Auf der anderen Straßenseite sah ich ein Hinweisschild: »Zum Strand«. Ich wäre gern diesen Weg gegangen, um den Strand anzusehen. Nach der Lesung würde es zu dunkel sein.

Zwei grauhaarige Frauen gingen am Gebäude vorbei, also keine Besucherinnen der Veranstaltung, die sich schon einen Platz ganz vorn sichern wollten. Die eine warf mir einen vorwurfsvollen Blick zu, wahrscheinlich wegen des Rauchs. Sie hielt eine grüne, glänzende Handtasche wie einen Schutzschild gegen die Brust, die Naht ihrer Nylonstrümpfe saß ein bisschen schief. Sie flüsterte etwas zu ihrer Begleiterin, die sich umdrehte und mir ein verstohlenes Lächeln zuwarf.

Es wurde zu kühl, und ich entschied mich, doch die Bibliothek zu betreten. Die Eingangstür war aber noch zu. Immerhin hatte man ein Plakat mit meinem Foto, meinem Namen und dem Datum der Veranstaltung angebracht. Ich betrachtete das Foto, erkannte mich aber nicht wirklich. Außerdem war es schwarz umrahmt wie diese großen Todesankündigungen, die man in Italien an Gebäuden oder sogar an Platanen kleben sieht. Herr Murr war offensichtlich kein Ass in Veranstaltungsmanagement. So kehrte ich zurück zum Blumenkübel und setzte mich wieder. Ich würde wohl auf Frau Sittich warten müssen. Ich sollte jetzt allmählich bestimmen, was ich vorlesen würde, vielleicht als ersten Teil die Stelle mit dem »*coup de foudre* auf den zweiten Blick« von Lew und Klara auf dem Schulhof und dann das Kapitel von Klaras Fahrradunfall, um die Lesung zu beschließen.

Nach dem Fahrradunfall gab ich mir Mühe, unsere weitere Tour zu genießen, strampelte tüchtig in Ludos Windschatten. Die Zähne schmerzten nicht zu sehr, die Wunde an der Wange kaum. Fragen aber, die ich bis jetzt erfolgreich verdrängt hatte, quälten mich die ganze Zeit, eine ständige Selbstgeißelung. Jede Bemühung, mich abzulenken, scheiterte. Die giftigen Fragen hatten sich aus einer weiten Vergangenheit heraufgeschlängelt, aus der Zeit des Obskurantismus und des Katechismus, Scheinfragen, gestellt mit gespaltener Zunge: Hatte ich mir die Zähne an meiner schönen Sünde ausgebissen? War mein Sturz eine Strafe dafür, dass ich mich mit einem verheirateten Mann vergnügte? Ich benutzte für mich absichtlich das demütigende Wort »vergnügte«, wie eine sittenstrenge Schwatztante, obwohl ich jedem anderen die Augen ausgekratzt hätte, der meine Empfindungen für Ludo auf diese Art hätte beschmutzen wollen, denn, nein, nein, nein, ich habe mich mit Ludo nicht vergnügt. Wir hatten uns gefunden, was bedeutete, dass wir in jedem Fall auf der richtigen Seite des Lebens gingen, aber weit weg von den Flussufern namens »Anständig« und »Angenehm«, ein verschworenes Liebespaar.

Wenn ich zweifelte, bedauerte, unser Paradies sei zeitlich begrenzt, flüchtig wie anstößig (ich sagte es und empfand weiterhin keine echte Reue), wiederholte Ludo sein Mantra: Fliehen ist Leben. Sei es nicht unser Recht, dieses Glück zu erleben? Unser Recht? Ob »Recht« der richtige Begriff für Ehebruch sei, warf ich ein, mehr aus Lust am Widerspruch als an einer ernsthaften Diskussion. Nein, vielleicht nicht, Charlotte, unrecht ist es aber, gegen seine Natur zu leben, sich so zu verbiegen, dass man im Grunde alle, einschließlich sich selbst, unglücklich macht. Wer kann sich damit rühmen, dass er nur einen einzigen Partner in seinem Leben geliebt habe, ihm auch in Gedanken immer treu gewesen sei, welche stupide Moral forderte Menschen auf, in einem Beziehungsgefängnis auszuharren? Dem einer kinderlosen Beziehung noch dazu?

Sollte aber Ludo nicht endlich Klarschiff machen, seiner Marlies die Wahrheit sagen? Und sich trennen, endlich trennen. Ich verwarf diese allzu ärgerlichen Fragen, die doch keine Antwort bekommen konnten, trat fieberhaft in die Pedale, war inzwischen trainiert genug, um Ludo mühelos zu folgen, der während der Pausen immer öfter schwieg. Wir beide wussten, dass der Wind, der uns mal nach vorn schob, uns mal ins Gesicht schlug, seine Sorgen nicht zerstreuen würde. Ich selbst fand nach dem Sturz nur langsam zu einer Ausgeglichenheit zurück. Wir klammerten uns beide an fragile Glücksmomente, etwa ein exquisites *breakfast* nach einer verregneten Nacht. Wegen meiner kaputten Zähne kaute ich langsam, aber genüsslich Kuchen, Bacon und Eier, während unsere Luftmatratzen, Schlafsäcke und Papiere trockneten. Eine leichte Fahrt durch tannenbewaldete Hügel, wir glitten durch blaue und grüne Luft. Der harte Aufstieg zum Croagh Patrick, die glänzende Aussicht bis zum Meer und den glitzernden Stränden, wir lachten uns schief, als wir, am Ziel angekommen, eine ganze Ebene voller verrosteter Dosen entdeckten. In Newport erlebten wir ein bizarres Abendessen: In einem kleinen Restaurant lästerten zwei muffige deutsche Paare über das spärliche Angebot des Wirtes, schimpften über den schmutzigen Boden, erschöpften damit ihre Gesprächsthemen und aßen dann schweigsam und verbissen, wir beide mokierten uns über sie auf Französisch und genossen den besten geräucherten Lachs unseres Lebens und später das altblaue Zimmer mit dem durchgelegenen, quietschenden Bett. An einem Strand, an dem wir uns sonnten und liebten unterhalb von braunen Felsen, die sich wie Wachtürme über uns erhoben, war ein fauler Tag das letzte Geschenk von Ludo.

Denn er versuchte weiter, zu Hause anzurufen, und das Schweigen seiner Frau beunruhigte ihn immer mehr. Sie ist stur, sagte er, unerbittlich, sie will nicht mehr mit mir sprechen, das ist verständlich, sie will mich bestrafen, mir den letzten Teil dieser Reise vermasseln, auch das ist gerecht. Bei seiner Rückkehr würde er, versprach er, ihr die ganze Wahrheit sagen und sich endlich trennen. Und wenn sie sich etwas angetan hat?, fragte ich. Enttäuschung, Verzweiflung, der Wunsch, sich zu rächen … Nein, sagte Ludo, Rose und Marlies hocken jetzt bestimmt zusammen, sie überlegen sich eine Kriegsführung, ihr Schweigen ist ein Teil davon.

Doch Ludos Versuch, sich selbst zu beruhigen, scheiterte innerhalb weniger Tage. Er erfragte die Nummer von Rose über die Postvermittlung. Schon beim ersten Anruf nahm sie direkt ab. Ja, sie habe Marlies erzählt, dass sie uns am Flughafen gesehen habe, und ja, sie habe ihr den Floh ins Ohr gesetzt: Ludo sei sicher mit dieser älteren Frau unterwegs. Das tue ihr nun leid. Nicht seinetwegen, denn er sei wirklich ein Idiot, sondern wegen Marlies. Seine Frau sei extrem verzweifelt gewesen. Sie habe in der Tat die Kur abgebrochen und erklärt, sie wolle wieder nach Haus, den Koffer von Ludo packen, ihn vor die Tür setzen und das Schloss auswechseln lassen. Zu Hause sei sie aber bis jetzt nicht angekommen. Rose habe dort mehrmals geklingelt, auch bei der Nachbarin, einer Frau Kaiser, die einen Schlüssel zur Wohnung besitze. Diese sei jeden zweiten Tag in die Wohnung gegangen, um die Post zu sortieren und die Blumen zu gießen. Marlies sei noch immer nicht zurück. Sie sei verschwunden. Rose machte Ludo große Vorwürfe, was er angerichtet habe, warum er nicht erreichbar sei, warum er nicht zurückkomme und seine Frau suche, warum er sie nicht als vermisst melde?

Ich saß auf einer Bank vor der Post und betrachtete das Spiel des Lichtes in einer alten Linde. Der Wind schob unsanft die Blätter hin und her. Bei einer anderen Gelegenheit hätte ich in dem Bild des bewegten Baumes versinken können. Aber das Betrachten der Natur nimmt einem nicht die Ängste, Ängste vor dem Verlust des wichtigsten Menschen. Die Schönheit des Baumes betraf mich nicht. Es überfielen mich dafür prägnanteste Bilder unserer Beziehung, ein unerwartetes Bewusstwerden der eigenen Situation. Weil die Konstellation etwas anders war, hatte ich so lange verdrängt, dass ich in derselben Lage steckte wie während meiner Ehe Jahre zuvor: durch das Akzeptieren einer anderen Frau neben mir. Wieder ein Dreieck. Das wurde mir erst jetzt bewusst. Nur dass ich nun in der Rolle der Geliebten eines verheirateten Mannes war. Mein Ex und ich waren inzwischen kampflos und längst geschieden, und ich wusste nicht mal, ob er bei meiner Rivalin geblieben war. Vor unserer Trennung war ich mir sicher gewesen, die wichtigere seiner zwei Frauen zu sein, sicher, dass er sich nur einen banalen Seitensprung leistete, überzeugt, dass er mich nie verlassen würde. Ich staunte über mich selbst, dass mir das zum ersten Mal auffiel, so sehr war ich trotz der Verlustängste, die mich manchmal plagten, wieder davon überzeugt gewesen, eine unvergleichbare Geschichte zu erleben und die wichtigste Frau im Leben eines Mannes zu sein. Es fiel mir so schwer, mir einzugestehen, dass sich dieses Muster bei mir wiederholte, auch, dass ich mich einfach nur in einer gewöhnlichen Dreierkonstellation befand, betrogene Liebe, fehlerhafte Liebe, sündhafte Liebe, es war eine Schablone, die seit Jahrhunderten existierte, überhaupt nichts Besonderes, *in aeternum* wiederkehrend.

Als Ludo kreidebleich und in sich zusammengesackt aus der Post kam, um mir vom Gespräch mit Rose zu berichten, wusste ich, dass eine Katastrophe im Gange war. Ich bemühte mich, meine Furcht aus dem Gesicht zu wischen, und lächelte ein gequältes Lächeln, bat ihn, sich hinzusetzen, neben mich. Ich nahm seine Hand, küsste sie, wohl wissend, dass diese von uns beiden so oft wiederholte Geste jetzt fehl am Platz war, ja lachhaft, obsolet. Wir gingen essen, ein Abschiedsessen. Ich erinnere mich, dass Ludo, als er sprach und mir sagte, er müsse nach Hause und nach seiner Frau suchen, ein Silberlöffelchen in der Hand hielt, wie ein Dirigent, der einen letzten, schiefen Akkord vorgibt. Der Nachtisch blieb unberührt. Und ich stumm.

»Charlotte!« Frau Sittich kam am Haus entlang, ich stand rasch vom Blumenkübel auf. »Kommen Sie mit, wir haben noch etwas Zeit. Ich habe eben mit meinem Lebensgefährten gesprochen. Die Vertreterin der Ministerin hat Verspätung, sie hat die Insel noch nicht erreicht, die Fähre konnte wegen des Sturms nicht pünktlich ablegen. Es bleibt unsicher, ob sie überhaupt fahren kann. Wir müssen auf sie warten, wir hoffen noch, sie will kommen, sie will ja eine Lobrede auf Ihren Roman halten, wir können also gern ein wenig an den Strand gehen, wenn Sie wollen. Der ist hier noch schöner und wilder als vor dem Hotel. Eine wunderschöne Kulisse. Nachher wird es zu dunkel sein. Herr Murr wird das Publikum so lange unterhalten.«

»Welches Publikum?«, fragte ich. »Noch ist überhaupt niemand da.«

Aber Frau Sittich lächelte nur. »Hier kommen die Leute immer in letzter Minute.« Sie hakte sich bei mir unter – ich hasse diese Geste, ich mag von keiner Frau untergehakt werden. Diese Beschlagnahmung ging mir auf die Nerven, aber auch da konnte ich mich schlecht wehren.

Ich weiß nicht warum, aber ich kaufte ihr die Verspätung der Fähre und der Ministeriumsvertreterin nicht ab. Andererseits, warum sollte sie mich anlügen? Ich schlug vor, dass wir zuerst mit der Lesung anfingen und dass die Preisverleihung darauf folgte, statt umgekehrt, wie es eigentlich geplant war, aber nein, sagte die Kritikerin, nein, das sei unmöglich, auch der Lesung wolle die Frau Vertreterin unbedingt beiwohnen, die Fähre fahre bestimmt noch ab. »Kommen Sie mit!«, sagte sie energisch. »Kommen Sie! Ich habe sowieso noch ein paar interessante Fragen.«

Ich ließ mich von der Journalistin mitschleifen. Wir gingen über eine Kreuzung und bogen in einen Sandweg ein. Die hohen Gräser ringsherum, der Wind, der sie beugte und peitschte, der schwer bewölkte Himmel, die Lichter, die hier und dort angingen, das alles strahlte eine Bedrohung aus, als würde die Welt mir meine Verlorenheit, meine Unangemessenheit vor Augen führen.

Wir liefen den kleinen Weg entlang, der bald in Strandkiesel mündete. Die Dünen waren mit Binsen bepflanzt, eine davon ritzte meinen Strumpf. Ich fluchte und Frau Sittich sagte:

»Keine Sorge, Charlotte, ich habe im Büro noch ein Paar in Reserve.« Dann verriet Frau Sittich mir den Namen dieser strumpfgefährdenden Pflanze, eine Binsen-Quecke, und unterrichtete mich über die Renaturierung der Dünen. Ich fiel ihr ins Wort und bat sie, mir endlich von diesem Kaskade-Preis zu erzählen.

»Welche Bedeutung, welcher Sinn, bitte sehr, steckt dahinter, warum soll ich den Preis erhalten, warum bin ich die Preisträgerin? Waren Sie nicht auch in der Jury? Schätzen Sie denn meinen Roman überhaupt?«

Ich versuchte dies alles ohne Groll und mit einem Lächeln zu fragen.

»Sehen Sie, manchmal kommt es mir so vor, als wären Schriftsteller wie Pubertierende, die sich maskieren und im Schutz ihrer Protagonisten Geschichten erfinden, im eigenen und fremden Leben nach einem Sinn wühlen, sich aus einem bösen Schicksal herausreißen. Unser Kaskade-Preis wird für autobiografische Werke verliehen, die eine literarisch geschickte, aber fragile Verstellung anbieten, an Autoren also, die das Risiko eingehen, sich der Lächerlichkeit preiszugeben oder sich der Enttäuschung und dem Groll realer Vorbilder auszuliefern. Ihr Roman, Charlotte Moire, war das Interessanteste, was ich in den letzten Monaten gelesen habe.«

»Ach«, sagte ich.

»Ihr Alter Ego namens Klara sieht den Sinn ihres Lebens in ihrer Leidenschaft zu Lew«, fuhr Frau Sittich fort. »Diese Liebe aber entleert ihr bisheriges Leben. Der Beruf, der sie früher erfüllte und ihr Respekt einbrachte, die Freundschaften, die sie mit den Kollegen und anderen Menschen pflegte, ihre Lektüren und Spaziergänge, Sport, Geselligkeit, Musik, alles wird zweitrangig. Nach der Trennung von Lew droht nun also ihre gesamte Existenz abgeräumt zu werden. Die Leidenschaft hat ihrem Leben keinen Sinn gestiftet, sondern wie ein Tsunami alles weggefegt.«

»Ja«, sagte ich, »das haben wir ja schon alles durchgekaut«, und warf weiter ein, was wir auch schon durchgekaut hatten: dass Klaras Leidenschaft nicht nur ihr voriges Leben alt aussehen lasse, sondern eine andere Welt habe entstehen lassen, die ihr gefehlt habe, körperlicher und geistiger Dialog, eine Welt der Sinnlichkeit, der Zärtlichkeit und des Geistes (huschte da gerade ein Lächeln auf Frau Sittichs Lippen?), die sie in der Ehe nicht gekannt habe. Und bis zum Ende bereue sie nicht, all dies von Lew bekommen zu haben. Und ja, auch als Klara ins Meer gehe, bereue sie das kurze Leben mit Lew überhaupt nicht. »Aber, Frau Sittich, inwiefern habe ich mich der Lächerlichkeit oder dem Groll realer Vorbilder ausgeliefert? Natürlich gibt es einige Dinge im Roman, die an mein Leben erinnern, zum Beispiel eine Reise durch Irland, aber …«

»Sie scheinen, Charlotte, die Taktik Ihres Protagonisten Lew verinnerlicht zu haben: das Leugnen der Tatsachen.«

Das tosende Meer ersparte mir einen Widerspruch, es war nun ohrenbetäubend laut, die Wellen tobten und prallten unter Schaumbergen auf den Sand, umspülten den Strand fast bis zu unseren Füßen. Ich roch das Salzige und auch den strohartigen Geruch von vergangenen Sommern, sah so bestürzt wie begeistert die gewaltige Schönheit des Meeres.

»Und wie überlebt man es, dass man den geliebten Mann wieder verloren hat!?«, schrie Frau Sittich nun. Sie musste richtig brüllen, damit ich sie hören konnte. »Wie kommt man damit zurecht!?« Sie stand vor mir, die Arme weit auseinander, als wollte sie abheben und fliegen. Ich fror jämmerlich im Wind und versuchte mich zu umklammern und selbst zu wärmen. Auf die Stimme von Frau Sittich hatte sich eine neue Verzweiflung gelegt, in ihren Augen schwamm eine traurige Neugier. Ich gab auf.

»Schlecht!«, schrie ich. »Sehr schlecht! Aber man überlebt! Man entdeckt das definitive Alleinsein! Die Unberührbarkeit! Man arbeitet, man tut, was zu tun ist! Man benimmt sich und nimmt sich zusammen! Man befolgt Gesellschaftsregeln, man gehorcht selbst auferlegten Prinzipien! Man wartet jahrelang darauf, dass die Welt wieder Konturen annimmt! Irgendwann aber ist eine Tanne wieder eine Tanne! Ein Fluss ein Fluss! Ein Gipfel ein Gipfel! Eine Blume eine Blume! Ein Mensch wieder ein Mensch! Dann ist es, als würde man noch einmal zur Welt kommen! Aber als alte Frau!«

Nein, so einfach war das nicht gewesen. In Wahrheit hatte ich mich hingegeben, vielmehr weggegeben. Die Zeit fraß mich, die unsichtbare Kannibalin verputzte mein Inneres. Mit einem Silberlöffelchen. Ich wurde immer weniger. Jahrelang. Die

Leute um mich herum merkten nichts. Ich schrieb Artikel für Zeitschriften, gab hier und da einen Schreibkurs, machte noch Lesungen aus älteren Büchern, versuchte mich finanziell über Wasser zu halten. In mir nur noch ein Tremor, von Kopf bis Fuß. Wenn ich schrieb, schrieb ich, wie man schreit, Unverständliches, Idiotisches.

Wir hatten entschieden, dass ich noch allein einige Tage in Dublin bleiben würde. Der ursprünglich gebuchte Rückflug sollte erst in acht Tagen sein. Ludo sagte, er komme zurück, wenn Gott es wolle. Die erste idiotische Phrase unseres kurzen gemeinsamen Lebens.

Hier das letzte Bild, das Bild unserer Trennung:

Ein Kieselstrand bei Dublin. Er hatte sein Fahrrad bepackt mit unserer Zeltausrüstung, er umarmte mich ein letztes Mal, sagte Dinge, die ich nicht mehr hörte. Mein Blick war auf ein Stückchen Teer neben seinem Schuh gerichtet. Ludo tröstete weiter, wiederholte meinen Vornamen, Charlotte. Er sagte die Worte, die er sonst nie sagte, die ihm unecht, verbraucht, schwammig vorkamen: Ich liebe dich. Du bist mein versteckter Schatz, *mon trésor caché*. Und widersprach sich: Wir bleiben Freunde, beste Freunde (die zweite und letzte idiotische Phrase). Für immer. Die Hände um mein Gesicht waren warm, seine Lippen weich. Dann ging er, schob das Rad über die Kiesel, die unter den Reifen und seinen Sandalen knirschten.

Ich blieb lange am Strand sitzen, verstand nicht, wie er es fertigbrachte, nicht zu mir zurückzukehren. Geliebte werden nicht beste Freunde. Geliebte wollen geliebt werden.

Ich liebe dich. Das habe ich immer wieder vor mir hergesprochen, als ich auf den Straßen Dublins ging, leise und laut, die Leute drehten sich um, und der Satz klebte mir wie eine Sprechblase an den Lippen, wie ein Etikett auf der Stirn, und dann habe ich ihn in einer Kirche versteckt, wo ich alles beichtete.

Zurück in Deutschland schmachtete ich nach ihm, schrieb ihm täglich Briefe, die ich ihm nach Hause schickte. Ich rief ihn an. Wir sprachen miteinander, kurz, beide anders traumatisiert. Seine Frau kam nicht mehr zurück. Sie war verschwunden, unauffindbar.

Etwas in mir tobte, schrie nach meinem Recht auf Liebe, als stünde mir eine erfüllte Zukunft mit Ludo zu, als hätte ich selbst den Begriff »Recht« in unserer Beziehung nicht infrage gestellt. Als wäre ich der einzige Mensch, der allein und verlassen herumlief. Jeder hinkt und läuft irgendwann mit Schlammsohlen. Ich hasste mein Selbstmitleid, konnte es nicht ablegen.

Ludo suchte seine Frau jahrelang, ließ sie suchen und hat sie nie gefunden. Er recherchierte bei ihren wenigen Verwandten, bei allen Bekannten und ehemaligen Kollegen, bei ihren Nachbarn und Ärzten und in Krankenhäusern. Sie blieb wie vom Erdboden verschluckt, und die Polizei war kaum am Verschwinden einer erwachsenen Frau interessiert. Sie sei volljährig, bei Verstand, es sei ihr gutes Recht, eine Auszeit zu nehmen, sie habe alle ihre wichtigen Dokumente bei sich, die Polizei ging nicht von einem Verbrechen aus. Ein paar Nachforschungen stellte sie irgendwann an, ein richtiger Fall wurde es jedoch nie. Ludo erzählte der Polizei sogar von seiner Beziehung zu einer anderen Frau und spürte oder glaubte die Verachtung der Beamten zu spüren. Die Polizei unterhielt sich auch mit Saskia, die nur Gutes über Ludo sagte, und mit Rose, die seine Geschichte mit mir verraten hatte, ihm aber immerhin ein Alibi verschaffte und seinen Irlandaufenthalt bestätigte. Und auch mit mir unterhielten sich zwei Beamte, auch ich erzählte von Ludos und meiner Reise in Irland zu jener Zeit, als Marlies verschwunden war. Ludo rief in allen Orten in den Hotels an, in denen sie irgendwann einmal zusammen Zeit verbracht hatten, wohin sie Wochenendausflüge unternommen hatten, wo sie Urlaube verbracht hatten. Vergeblich.

Ludos Leben war nun eine obskure Geschichte, die man nach Belieben interpretieren konnte, meistens als sinnloses Dasein, eine Reise ins Absurde. Für viele war er der Böse, der, wenn nicht leibhaftig, dann doch metaphorisch seine Frau umgebracht hatte. Seine Freiheitsansprüche, seine Wünsche nach einem klaren, erfüllten Leben mit einer klaren, zufriedenen Partnerin zog er selbst ins Lächerliche, alles lachhaft, Charlotte, ich bin ein grotesker Hampelmann, ich weiß nicht mehr, wer ich war und wer ich bin.

Unwissenheit, Unsicherheit und Schuldgefühle nagten an ihm. Ich rief ihn öfter an, wir sahen uns aber kaum noch und wenn, dann nur kurz auf einen Kaffee beim Bäcker. Er besuchte meine Lesungen nicht, ich traute mich nicht, bei ihm zu klingeln oder ihn an der Uni abzuholen, all das zu tun, was jetzt durchaus möglich gewesen wäre. Effizienter hätte Marlies uns nicht bestrafen können. Auch wenn ich mich immer wieder ermahnte, dass der Begriff »Strafe« als religiös zu verwerfen war, verlief mein Leben verkehrt, grau und traurig, jeder Tag war nur noch ein lachhafter Irrtum. Noch zwanzig Jahre später gab es Momente, in denen ich mich wie in der Klosterschule abgegeben fühlte, in die falsche Institution, weit weg von zu Hause. Da, wo ich war und immer wieder bin, sehe ich Säulen, riesige Säle, riesige Bänke, schwarze Gestalten, keinen Garten, keine Blumen, keine wärmenden Hände, nur Angst, und ich warte noch immer darauf, dass er mich abholen wird.

Das Wüten des Meeres wurde lauter, es rauschte und donnerte. Immer höhere Wellen bäumten sich im dämmrigen Grau auf. »Sehen Sie!«, rief mir Frau Sittich entgegen. »Ich mag Ihren Roman wirklich sehr! Ich konnte mich in ihm erkennen und mir zulächeln! Aber, Charlotte, und nur unter uns, wir leben nicht mehr in der Zeit der Troubadours, wie rechtfertigen Sie das Schreiben eines Liebesromans heute? Ist Liebeskummer nicht einfach nur der private Luxus eines kleinen reichen Mädchens, wenn man sich die Misere der Welt vor Augen führt? Muss dieser Liebeskummer erzählt werden?«

»Ja!«, brüllte ich zurück. »Ja! Auch das kleine reiche Mädchen hat ein Recht auf die Erzählung ihres Glücks und ihres Unglücks.«

Ich wusste nicht, ob Frau Sittich meine letzten Worte gehört hatte. Sie lachte, genoss sichtbar meine Worte oder unseren Auftritt im Sturm. Immer lautere Wellen bäumten sich auf. Das Wasser explodierte zu Schaumbergen und floss bis zu unseren Füßen, der Wind blies uns Kälte und Salz ins Gesicht.

Wir stapften zurück zur Straße. Der Krach ließ nach und wir konnten Atem holen. Ich wischte mir das Haar aus dem Gesicht und versuchte es wieder zu einem Knoten zu binden, aber Frau Sittich riet mir, ich solle es lassen, es stünde mir so viel besser. Ich weiß nicht, warum ich ihr auch nun wieder gehorchte. Frau Sittich umkreiste den Horizont mit dem Arm und sagte, es lasse sich hier gut leben, sie sei viel gereist, bevor sie sich für diese Insel und Herrn Murr entschieden habe.

»Ich bin wie Sie, ich mochte schon immer Inseln. Die ideale Landschaft ist die, die uns ähnelt und uns auch verschönert.«

»Verschönert?«

»Wir spiegeln uns vorteilhaft in ihr. Kommen Sie, die Fähre ist jetzt bestimmt angedockt.«

Wir gingen ein paar Meter auf der Straße. Aber dann hielt sie vor einer Laterne und sagte, ihr Stiefelchen sei voller Sand, sie müsse es kurz ausziehen. Sie stand auf einem Fuß und hielt sich mit einem Arm an mir fest, was mir wieder unangenehm war. Frau Sittich zog sich Stiefel und Strumpf aus, schüttelte beides und rieb sehr gelenkig an ihrer nackten Fußsohle.

Ihr Gewicht auf meiner Schulter wurde immer schwerer. Was ich sah, wollte ich nicht glauben. Was ich da erblickte zwischen den Zehen von Frau Sittich, glich kleinen Schwimmhäuten. Schon aber hatte sie ihren Strumpf ausgeschüttelt und versuchte ihn mit einer Hand anzuziehen. Hatte ich mich geirrt? Es dämmerte bereits, die Formen verschwammen in der aufkommenden Dunkelheit. Frau Sittich war meinem erschrockenen Blick gefolgt, lächelte, kicherte, der Strumpf hing noch halb angezogen vom Fuß. Sie fiel in ein richtiges Lachen, ihr ganzer Körper schüttelte sich. Ihr breit offen stehender Mund entblößte ihre zu weißen Zähne, die Augen waren geschlossen, ihr nach hinten gekipptes Gesicht glomm in einer Art Ekstase, die Krise nahm kein Ende. Endlich waren Strumpf und Schuh wieder angezogen, sie stand auf beiden Füßen, und ich rieb mir die Schulter, unfähig, einen klaren Gedanken zu fassen.

»Wissen Sie, was Sie vorlesen könnten?«, sagte Frau Sittich.

»Nein? Fangen Sie mit dem Anfang an, erzählen Sie dann von der Brücke, wir suchen alle eine kleine Brücke, und enden Sie mit dem Epilog. Ja, den Epilog müssen Sie vorlesen, unbedingt den Epilog, der wird Eindruck schinden.«

Und ich glaubte trotz des heulenden Sturms zu hören, wie sie meine Litanei rezitierte, sah, wie ihr Mund sich bewegte, wie ihre Lippen meine Worte formten, als sich die Tür des Kulturforums öffnete.

Du hast ihn deine Liebe, deinen Lieben, deinen Liebsten genannt, ton bien aimé, *deinen Großen, deinen Kleinen, deinen Engel, deinen seidenen Prinzen, deinen Löwen, deinen starken Mann, deinen Verrückten, deinen Jungen, dein Findelkind, deinen Milchbruder, deinen Überflieger,* ton amour fou, ton cœur, *dein Feuerwerk, deinen Einzigen, dein Alles,* ton tendre, *Lustmolch, Schlitzauge, du hast ihn als deinen Gauner beschimpft, deinen Magier, Hexenmeister, deinen versteckten Schatz, deinen Frühling, deinen Rosenbusch, oft hast du ihn nur DU genannt, und diese Silbe war sanft und lang wie ein Eulenruf in der Nacht, Du,* amour, *Du, und gern hättest du zehn Sprachen gesprochen, um in sein Ohr hinein alle möglichen Variationen zu flüstern. Einfach Du, Du, dein Gegenüber, dein Vertrauter, dein Begleiter, dein Wichtiger, Du, dein Schwarm, dein Wesentlicher, deine Sonne, dein Himmel, dein Gipfel, Du, sagtest du, Du, mein Ozean, meine Woge, meine Wasserbrücke. Und wäre es dir nicht peinlich gewesen, dich in der Rührseligkeit, im Schmalzigen zu wälzen, hättest du ihn mit noch weiteren Landschafts- und Blumen- und Pflanzen- und Gestirns- und Tiernamen geehrt, so sehr wurde er zu deiner Welt, zu der Erde, unter welcher du einmal liegen würdest. Und gern hättest du ein neues Possessivpro-*

nomen erfunden, ein Pronomen, das keinen Besitzanspruch wie dieses »mein« und »dein« hätte ausdrücken müssen, ein Zusammenschluss-Pronomen, das nur eure gegenseitige Zugehörigkeit hätte signalisieren können. Du fandest, ein solches Pronomen fehlte in eurer Sprache.

Du, mein verblasster Kamerad, mein unzuverlässiger Freund, mein falscher Bruder, mein einst Geliebter, mein halbseidener Prinz, mein geplatzter Traum, mein welker Flieder, meine erloschene Sonne, mein gefällter Baum, mein gefallener Prinz, mein ausgeschwärmter Schwarm, ach, Du, mein Seelenverwandter, meine gewaltige Woge, homme chéri, homme adoré, homme vénéré, Monsieur mon amant, mon aimant, mon jour et ma pénombre, *mein Du, weil es sich wie* doux *anhört: sanft.*